かわいないで

加納愛子

文藝春秋

目次

かわいないで

黄色いか黄色くないか

リビングにある引き出しを片っ端から開けても、一向に布ガムテープは見当たらなかった。

なんでよ。なんで布ガムテープはないのに大きい絆創膏《ばんそうこう》はあるのよ。使い勝手の悪そうな銀行ロゴの爪切りも。いやいや、なんでよ。不味《まず》そうなのど飴も。いやいやいやいや、なんでなんですかって。おかしいでしょって。

呑気《のんき》に荷造りをしていた土曜18時15分の私は、突然ダムが決壊したように実家批判が止まらなくなった。

日々を重ねていって、進んでいって、より効率的にならないなんてことありますか？　え、暮らすってそんなに間抜けな行為なんですか？　あと前からずっと思ってたんですけど、掛け時計のすぐ下にある置き時計、これ誰が見るんですか？　もっと置くべきところあるんじゃないですか？　で、で、布ガムテープは？　うわ、はいまた放水しましたー。布ガムテープどこですか布ガムテープ。布ガムテープがない家なんて、もう家じゃなくないですか？

だから実家はいやなんだよ。あらゆるモノの勘が鈍いから。

山口百恵が「秋桜《コスモス》」で歌っていたのは嘘だったんだなと思う。明日家を出ることになっている娘が、小春日和の中、穏やかな気持ちで母に感謝をする。

「ありがとうの言葉をかみしめながら　生きてみます私なりに」

ありがとうの言葉を？　嘘でしょ？

引っ越し前日にそんな気分になれるわけがない。布ガムテープもないのに。

肘を伸ばして、ブレスレットみたいに手首に通した紙ガムテープをくるくると回す。さてどうしたものか。休憩ついでに今からコンビニに買いに行くか、それともこれで我慢するか。

二階の自室の隅に積んである、二つの紙の山が頭に浮かんだ。荷造りの最後に梱包しようと思ってまだ手をつけずにいる。

私の宝物であり、青春の全てだ。

一つは、高校時代に奈美と通いつめたお笑いライブのフライヤー。当時はもらうたびに嬉しくて部屋の壁に飾っていたから、ほとんどのフライヤーの角っこには穴が空いている。ライブを見に行った帰りの電車で、ゾンビみたいな顔でつり革にぶら下がってる水分のないサラリーマンに睨まれながら、透明のクリアファイルに入れたフライヤーに載っている出演者の写真を二人で眺めた。そして数分前まで浴びていたキラキラした姿や言葉を反芻《はんすう》してははしゃいだ。奈美は私よりずっと記憶力が良くて、いつもライブの序盤に出てきたコンビのセリフまですらすらと再現した。そのおかげで、時間が経ってからも高い濃度を保ったまま記憶に残すことができた。

ある日のライブの帰り道、奈美がネタで使われていた犬の鳴き声の効果音まで再現しだし、私が最寄り駅の三つ前で笑いすぎて具合が悪くなるという記念すべき不調を訴えていた時、奈美が握る携帯の画面上部には、奈美の母親からの「勝手にしなさい」というショートメールのメッセージが表示されていた。その日を境に奈美はライブに行かなくなった。私はおどけて「勝手の意味、逆で覚えてない？」と言ったのに、奈美はにこりともせずに「ポータブルの充電器借りてもいい？」と話題を逸《そ》らした。奈美は普段表情が豊かだったけれど、笑わない顔のほうが可愛かったから、可愛いままでつらかった。いつも学校では口に手を当てて笑うのに、劇場ではそれを忘れ、顔を崩して笑う奈美が好きだった。母親はいわゆる教育ママで、劇場へ通っていることは内緒にしていた。

私と遊ばなくなってから、奈美の制服のスカートの丈は短くなった。みんな「色気づいちゃって〜」なんて茶化していたけど、私だけは本当の理由を知っていた。正確には、奈美は元の丈に戻しただけだ。もう舞台にパンツを見せないようにに配慮しなくてすむようになったから。劇場で一番前の席に座るとき、私たちは限界までスカートを伸ばしていた。今まで知らなかった世界を見せてくれる人たちにとって、常に良客でありたかったから。

奈美の膝が見えているのが淋しくて、私も同じように丈を短くして一人で劇場に通った。でももう前列には行かなかった。入り口に近い後ろの席で、光を放って躍動する舞台と揺れる客席を初めて同時に見た。自分が見ている景色の中に、少し前までかぶりつきで見ていた自分と奈美の後ろ姿が浮かんだ。私はフライヤーを強く握りしめて、この景色を仕事にしよう、と心に決めた。

自室のもう一つの紙の山は、自分が制作担当で携わったライブのフライヤーとアンケート用紙。アンケート用紙は二種類あって、ライブでお客さんに書いてもらったものと、初めて印刷を任されたときに部数を間違えて大量に余らせてしまったもの。同じ間違いを繰り返さないように、戒めの意味で捨てずにとってあった。両手に紙束を抱えて会場に入って、「NACK」代表の竹井さんに「何部刷ってんの？　ここZeppやBLITZじゃないんだから」と呆《あき》れられた。静かなトーンで滔々《とうとう》と説教されている間も、都内のライブ会場のキャパを把握している竹井さんすごい、と感心していた。

自分がアンケート用紙を作成する担当になってからは、「改善してほしい点、その他なにか希望はありますか？」という欄を追加した。はじめこそ先輩スタッフに「エンターテインメントにおいて、お客さんのしてほしいようにやるのがそもそも正しいのか？」と嫌味を言われたが、後になって書かれた意見はずいぶん運営の役に立っていると感謝された。

けれど、お客さんの意見は自分が想像していた以上に辛辣《しんらつ》なものが多かった。「会場が暑かった。もっと冷房を効かせてほしい」「音声が聞き取りづらかった」「他の客の私語が気になった。スタッフがちゃんと注意してほしい」「袖《そで》の出演者の声が漏れていて不快でした」「値段の割には退屈でした」「つまらない」「長かった」

満足そうな表情で帰って行った人達の言葉とは思えなかった。高校生の私が当時アンケートに書きたかったのは「スタンプカードを作ってほしい」という今考えれば哀れなほどに無邪気なものだった。仕事を始めたばかりの頃は、夜遅くまでアンケートに殴打され、毎日真正面から受け止めてはきちんと凹《へこ》んで、その後何日も引きずった。

それら全ての紙を、できればひとつ残らず新しい部屋に持って行きたかった。主がいなくなって温度を失うこの部屋で、ただのA４用紙として眠らせるなんてできない。そんなことをしたら、今の私を作り上げた大事な過去も一緒に眠ってしまう。

あの量の紙を段ボールに詰めるなら、底の強度を考えてやはり布ガムテープを買いに行ったほうがいい。しかもこのタイミングで、チョコとかそういう極端に甘いお菓子を食べたい気分にもなった。

行く？　行く行く、よし私行くよー、と外出への気持ちが出来上がり、財布を取るためにソファーの上にあるカバンを掴《つか》んだ。その瞬間、風でガタッと音を立てた窓に反射的に目をやってしまった。外の木枯らしを一瞬で想像し、再び椅子に腰掛ける。あー最悪。寒いのはだめ、絶対だめ。やめやめ。絶対に行かない。行くわけない。

トイレの水が流れる音がするなりドアを開けて出てきた母親が、戸棚の下段を指差して「ちょっと唯《ゆい》。ここ開けっぱなし」と淡々とした口調で言った。パンツとズボンを穿《は》いてから水を流しているんだな、なんて知らなくてもいい情報に意識がいってしまい、にがい気持ちになる。

「いま探してたの」

「なに」

「ガムテ」

母親はガムテ、と繰り返して、私の手元に視線を落とした。

「持ってるじゃない。足りないの？」

「いいの」

母親の脇を通りすぎ、大げさに戸棚の引き出しを閉めようとしたが、反抗期に逆戻りするのはやめた。私ももう二十四歳だ。大学には行かなかったけど、こうしてちゃんと実家を出て行く。立派な大人じゃないか。

取手部分が腰の高さにある引き出しを、手を使わずに、体の重みだけで閉めた。「ちょっと」と聞こえたが、そのまま流れるようにキッチンに向かう。冷蔵庫のチルド室を開けて、ラベルをはがした５００㎖の水のペットボトルを手に取った。昨日のイベントの楽屋から持って帰ってきたものだ。

顔の左側、こめかみあたりに母親の視線を小さく感じた。

「最近あんた、会話はしょってるでしょ」

私は、「答えたいんだけど今飲みものを飲んでいるから返事できない」という風にみえるよう、母親が「最近」と言い出した瞬間からごくごく音を立てて水を飲んだ。水と同時に、誰が言ってんだよ、という言葉も乱暴に飲み込む。

母親は私の返事を待たずに、テーブルの上に置いてあった祖母から届いた小包を開封し始めた。いつもそうだ。この人は思ったことを口にしないでおくことができないだけで、解決をしたい人ではない。なんでそうなの？　って聞いたら、きっとこう言うと思う。ちょっと、解決したいなんて、まるで今ここに問題があるみたいに言わないで。会話をはしょるのは私じゃなくてあんたの問題。

「ほらー、また佃煮。お義母さん、要らないって何度言ったらわかるのよ。前のもまだ食べれてないのに」

苛立ちのこもった声のトーンのわりには、無表情そうだ。感情に肉体がついてきていない。だって専業主婦だから。社会に出ていないから。他人のために動かす表情筋なんて必要ないから。

まわりのセロテープをベリベリと剝《は》がして、包んでいた袋と一緒にゴミ箱に捨てるのを、横目でとらえる。本当に捨てたくて捨てるときの動作だった。

母親は佃煮のパックに貼られていたメモを読みながら、

「これも。お義母さん達筆だから。なんて書いてるのかしら」とこちらに聞かせるかのように漏らす。

この組み合わせじゃなかったら、今のはきっと笑いになると思う。なにかしらの振りを作って、メモを開いたときに「読めるかあ」ってツッコめばいい。「読ます気ねえだろ！」とか「内容と筆跡合ってないし」とか、なにが一番いいのかはわからないけど、とにかくそういう風に言ったらいい。でもここでは、芸人も観客もいない。いないから、静かに言葉が過ぎ去っていく。笑いにする理由もノウハウもない。笑いの種があるのに誰も水をやらない。もちろん私も。

「これ、紙のガムテープでしょ」

「なに？」

「布ガムテープだと強度が全然違うから。今度から買うとき気をつけて」

「今度って、あんたしか使わないでしょ。引っ越しなんてしないんだから」

引っ越しなんて、の「なんて」が引っかかった。大した意味もなかっただろうけど、マイホームの購入は夫婦から楽しい引っ越しを奪うんだね、と反射的に頭の中でいじわるを言う。私っていじわるだな。でもいじわるになるのは実家だからだ。実家だからしかたない。嫌な顔をしながらわざと早口で言って、「うざー！」ってツッコんでくれさえすれば、このいじわるを材料にして、二人で笑いに調理することもできる。できるんだけどな。と、私はそんなことばっかり思っている。

とはいえ、布ガムテープを諦めてしまうと、結局少しは山口百恵が顔を出して、私はカバンをずらしてソファーに浅く座った。母親はまだ祖母からの手紙を読んでいた。

「お父さんは？」

「ん、お父さん？　試合の引率。もうすぐ帰ってくるんじゃない」

「まだやってんの」

「知らないけど」

隣の市にある中学校で教師をしている父親は、女子バレー部の顧問でもあった。寡黙な父親が運動部の顧問をしているイメージが全く湧かず、学校では指導中に声を荒らげたりしているのだろうか、と想像するたびに不思議な気持ちになった。学校で起こったことを家庭内ではほとんど話さなかったが、何年か前に一度だけ、突然お寿司を買って帰ってきて家族を驚かせたことがある。私がわけを聞くと「勝った」とだけボソッと言った。どうやらバレー部が地区大会の予選で優勝したらしかった。キッチンの母親は「そう」と言って、調理中の料理を黙って冷蔵庫にしまった。この時も「いや先に言えよ！」がなかったから、笑いのチャンスも怒りのチャンスも流れた。晩酌では瓶ビールを一本空けるところ、その日は二本飲んでいたということ以外に変わりはなく、いつも通り0時には寝室に下がっていった。テレビを見ながらビールを飲む姿に、「どんな試合だったの？」って聞けよ、と母親に対して思いながら、私は寝転がって携帯を触っていた。

佃煮のパックを戸棚にしまう母親の背中を見ながら、最後に伝えることはあるだろうかと考えたが、何も浮かばなかった。最近は事務所に寝泊まりしていて家に帰らないことも多かったし、埼玉の実家から新宿に通うのが面倒になったからアパートを借りるだけで、明日も恭《うやうや》しい別れの挨拶はなさそうだった。

「明日は何時にでるの」

「10時に引っ越し業者が来る」

「早いわね」

「普通でしょ」

母親は私が着ているTシャツを見て、

「ゆったりした服ばっかり着てたらだらしない体になるわよ」と言った。

制作で携わっていたある芸人の単独ライブのグッズTシャツだった。黒地に、魂にヒビが入った赤と金のイラストと、胸元に「Pure Land Crush（浄土潰し）」というライブのタイトルが入っている。男性客が多いその芸人は、いつもオーバーサイズのＴシャツを多めに作っていた。

「着てる服にだんだん体型が合ってくるんだから」

「お～こわ」

「なにその関西弁。全然面白くない」

私がぽっちゃりしようがガリガリに痩せようが、母親になんの関係があるのだろうか。困る？　そうなったところで、笑い飛ばすことができないから？

自分が出て行った後のこの家を想像する。

なにも変わらない。父親も母親も。そして明日も、布ガムテープはないままだ。


ポケットから携帯を取り出すと、三十数件のＬＩＮＥが溜まっていた。業務連絡のグループＬＩＮＥと、芸人から送られてきた明日のライブのネタ台本と、今朝こちらから送った連絡に対する「了解です」の返事が数件、そして、後輩の亮太から「話したいことあるんですけど」の一件。夜にまとめて返信するつもりで、内容だけをざっと確認する。「話したいことあるんですけど」のＬＩＮＥを除いて、全てに既読をつけ終わったところで、チャンネル登録しているコンビのYouTubeの更新通知がきた。サムネイルの二人の変顔と「耐久レース」の文字に思わず笑みが漏れる。それぞれの右手には段ボールと布ガムテープで作った自分たちの人形がはまっていた。動画は寝る前に見ようと、グッドボタンだけを押して携帯をホーム画面に戻した。

「であんた、いつまで文化祭みたいなことやるの？」

バカバカしいサムネイルのもたらした緩和のせいで、キッチンのほうから飛んできた鈍い打撃に気づくのに5秒ほどかかった。6秒後には発作的な強い怒りを感じたが、急いで深呼吸し、「ぶぶぶ、文化祭やて⁉」と脳内でリアクションをとる。

テーブルの上のリモコンを乱暴につかみ、テレビをつけて音量を上げた。

「音大きい」

その声を無視してすばやくザッピングした後、リモコンをそのまま母親に向けた。

「どこの局の文化祭見る?」

母親は眉を寄せてしばらくこちらを見てから、

「芸人と仕事してると、そうやってみんな感じ悪くなっていくの?」と私の返事を待たずに、コンロのつまみをひねった。

「それで社会に出た気にならないで」

うるさいな、と言いかけた時、玄関のドアが開く音と父親の静かな「ただいま」という声が聞こえた。母親は少しだけ顔を向けて、抑揚のない声で「おかえりなさい」と言った。私もつられて見ると、玄関前の廊下に出してある段ボールが目に入った。しまった、コンビニで布ガムテープを買ってきてもらえばよかった、と後悔したが、もうこの家から荷物を運び出せるならなんでもいいと思った。

その後、父親がお風呂を出るのを待ってから、三人で静かに食卓を囲んだ。実家での最後の晩ごはんはロールキャベツで、最後の感情は、なんでだよ、だった。

「小学校の時って、夏休みの宿題で朝顔を観察して絵日記つけるのがあったじゃないですか。一年生の時だったかな？　学校の授業で種を植えて、それを一学期の最後に家に持って帰って。あれ、まわりの友達はみんな面倒くさがってたんですけど、私はすっごい嬉しかったんです。自分だけの花を育てられるなんて、って。それに絵日記だから、買ってもらった色えんぴつもいっぱい使えるし、毎日書くぞーってルンルン気分でした。なのに終業式の日、帰り道の踏み切りの手前のところで、落としちゃったんですよ。持ち方が悪かったのか、鉢植えごと。コンクリートの上にバーッて土をばらまいちゃって。横を通っていく子たちに『うわぁ』とか言われて。前では踏み切りの音もカンカン鳴ってて、それ聞いたらなんか余計に焦っちゃって。私その場に座り込んで、拾いもせずに泣いちゃったんです。そしたら、後ろから走ってきた知らない女の子が、私の顔とこぼれた土を交互に見て、『たいへ〜ん！』って大きい声を出して。もうまさに泣きっ面に蜂って感じで、最悪だって思ってたら、その子が急に背負ってたランドセルのシルバーの鍵？　っていうんですか、その部分を外して、ぶんって頭を思いっきり前に振ったんです。でその勢いで、ランドセルに入ってた教科書とかプリントが全部地面に飛び出して。びっくりしてその子を見たら、またさっきと同じように『たいへ〜ん！』って言って私の顔を見るんです。私なにが起こったのかわからなかったんですけど、気がついたら笑ってました。でその子も、私を見てめっちゃ笑ってて。その後はどうしたのかな。一緒に拾ったのかもしれないです。それだけなんですけど、今まで笑いに助けられた瞬間って考えたら、はじめにその子のことを思い出します」

一息に話し終えてから、長かったかな、と思い「すいません、いっぱい喋っちゃって」と付け足した。もっと簡潔に話をまとめるべきだったかもしれない。踏み切りの描写は必要なかったし、泣きっ面に蜂も、たぶん本当に泣いていた時には使わない。自分以外のセリフも、少し声色を変えて話してしまった。本当は続けて奈美の話もしたかったのに、時間配分も間違えた。

初めての取材に浮かれている自分に気づき、恥ずかしさを隠すために慌てて出されたお茶に口をつけた。古賀さんは「全然です全然です」と微笑みながら、手元に広げたノートに、「朝顔、大変」と短いメモを書いた。テーブルの真ん中に置いたICレコーダーの画面で上下するメーターが、コップを置いた時のコンというわずかな音にも反応した。

「きっとその子なりの優しさだったんでしょうね」

「はい。でもすごい変わった子だったんだと思います。なんか前髪のピン止めが役割を果たさずに揺れてました。全然止まってなかったです」

「ははは、確かにいましたね、そういう子」

古賀さんはやわらかい空気を持った三十代なかばの男性で、穏やかな表情と丁寧な口調でこちらが話しやすい環境を自然に作ってくれていた。

「ちなみに、秋村さんはこの仕事をする以前、好きな芸人さんはいらっしゃいましたか？」

「えっと、芸人さんはみなさん好きだったんですけど、強いて挙げるならクロスのお二人が好きでした」

予想していた質問がきて、私は用意していた答えを返す。

「クロスさん、当時ぼくが付き合ってた彼女もファンでした。若い人に人気ありましたよね、服部さん」

「高校生の頃によく友達とライブを観に行ってたんですけど、劇場では久保さんも服部さんに負けないぐらい人気があった印象でした。あっという間に看板芸人になって、テレビでも活躍されるようになって、舞台に登場した時の歓声がどんどん大きくなっていったんです。自分も、彼らの人生の節目に立ち会っているんだって思いました。あれは本当にすごかったです」

古賀さんはノートに「クロス」と書いて、その下にすばやく線を二本引いた。先ほどのメモよりも文字は倍ぐらい大きくて、また恥ずかしさがこみ上げてくる。はじめからこういう話を求められていたのかもしれない。

「秋村さんにとって、劇場とはどういう場所でしょうか?」

「んーと、私にとって劇場は、居場所ですね。私にとって居場所であり全てです。たくさんの芸人さんが毎日笑いを届けてくれます。嫌なことがあっても、ここへくれば面白いことがあるよ、元気になれるよ、っていう最高の場所だと私は思います。だからその場所をよりよくするために、自分ができる限り力になれたらと思っています。そして舞台に立っている芸人さんにも、ここがおれたちの居場所だ、と思ってもらえたら嬉しいです」

「……すごく素敵です」

「すみません、劇場を作った人みたいな事言ってしまいました」

古賀さんは優しく笑いながらノートに「居場所」と書いて、その文字を丸で囲った。そして腕時計にさりげなく目をやり、

「長くなってすみません。最後に、今注目すべき熱い芸人さん3組を教えていただけますか」と言った。

「はい。劇場には面白い芸人さんがたくさんいるので、私なんかが名前を挙げるのは恐縮なんですが、個人的にはロクハラ、逆印、フルコクミンです。3組とも今後の活躍が本当に楽しみです」

カルチャー誌「STAND」のweb用記事で、さまざまな分野の裏方にスポットを当てるというインタビューシリーズだった。以前取材を受けた竹井さんの記事

が好評で、うちのイベント制作会社からは私で二人目になる。会社では気がつくと後輩のほうが多くなり、ベテランのような立場になったが、今朝竹井さんからは「くれぐれも芸人さんへのリスペクトを忘れずに、謙虚に」というＬＩＮＥが来ていた。謙虚に、という部分の判断としては、先ほどの「たいへ～ん」話は不合格かもしれないと思った。

最後に記事と一緒に載せる写真を何枚か撮影してもらった。緊張していい具合に笑えていたか心配になったが、私なんかがおこがましいと思い、「写りを確認させてください」とは言えなかった。

「ありがとうございました。年明けに掲載予定なので、また記事の確認を送らせてもらいます。竹井さんにもよろしくお伝えください」

「こちらこそ、ありがとうございました。話、拙《つたな》くてすいませんでした」

「とんでもないです、面白かったです。またぜひお願いします」

出版社の一階まで丁寧に見送りに来てくれた古賀さんに挨拶をして、目黒駅に向かって歩きだした。すぐ角の信号のところでなんとなく振り返ってみると、古賀さんがちょうど背を向けて建物の中に戻っていくところだった。「もういないのかよ、切り替え早いな」とも「まだ見送ってるよ、丁寧すぎだよ」ともならない、完璧なタイミングだな、と思った。

十二月の冷たい風が首元を射るように吹きつけてくる。また今年もこの季節になった。月末にはクリスマスライブ、年末年忘れライブ、そしてお正月ライブと、大きなイベントが控えている。いいかたちで年を越したいというのは全人類共通の欲求なのだろうか。一年のうちで竹井さんが一番神経を尖《とが》らせているのもこの時期だった。時間はずっと続いているから、本当は区切りなんてないはずだ。なのにみんな「今年はいい年だった」と思いたいのだろう。そして年を越すと、いろんなことを忘れる。嫌だったことも、今年の自分は去年の自分と同じ人間だということも。

真っ直ぐ新宿にある劇場に戻り芸人楽屋をのぞくと、後輩スタッフの女の子がケータリングの飲み物やお菓子を並べているところだった。年末のライブではテレビで活躍している大物芸人のキャスティングやお弁当代などで経費がかさむため、今月は節約して食事は用意していなかった。私はその差の付け方がなんとなく気に入らなくて、一度「年末だけそんなに豪勢にしなくてもいいんじゃないですか？」と提案したが、竹井さんに「若手の子たちが、大きいライブに出られるようになればいいお弁当食べられると思って頑張れるから、それでいい」と言われた。やる気ってそんなものかな、とあまり納得していなかったけれど、それ以上なにも言わなかった。全ての判断に共感はできなくても、竹井さんは目の前の仕事の他にも、長い目で芸人のやる気の一端を担っている自覚があることは純粋にすごいことだと思った。

お徳用キットカットの袋を開けてカゴに移している彼女に、「お疲れ、竹井さんいる？」と聞いた。

「お疲れ様です。さっき上にあがっていきました」

「ありがとう」

時計を見ると15時半で、芸人の入り時間まではまだ余裕があった。

「あ、今日ロクハラさんがコントで学習机を9台使いたいって言ってたから、三階から5台降ろしておいてくれる？」

「わかりました。9台、すごいですねロクハラさん。何するんだろ」

「この前の単独ライブでやってたやつだと、1台破壊されるっぽいね」

「わあ、やりそう」

「それもリハの時に確認しておいて」

劇場と芸人楽屋は一階にあり、二階が会社の事務所、三階が物置きになっている。プロダクションや芸能事務所のように所属芸人を持たず、お笑いライブに特化した制作会社で劇場まで構えているのは都内でうちの会社「NACK」だけだった。いつも様々な事務所に所属している芸人に出演オファーをし、ライブやイベントを主催する。スタッフが十人ほどの小所帯なので、企画、キャスティング、音響、照明、受付、映像制作、さらにwebサイト運営など、一人がいくつもの仕事を担当している。

高校生の頃、奈美とは大小問わずあらゆる事務所のライブを見に行っていた。

その中でも、事務所の垣根を越えていろんな芸人が出演するNACKのライブが一番魅力的だった。高校卒業と同時に、大手のお笑い事務所で劇場スタッフとして働くことも考えたが、会社の代表なのに自ら声を張り上げてニコニコと客席誘導をする竹井さんの姿がNACKの面接を受ける決め手となった。

二階の事務所へあがると、先輩社員の大倉さんがパソコンで編集作業をしている横に立って、いつもの細身なグレーのパンツスーツを着た竹井さんがあれやこれやと指示を出していた。年末のイベントの冒頭で流すオープニング映像のチェックだった。竹井さんはパソコンから顔をあげて、ショートボブの髪を耳にかけながら、私に「お疲れさま。取材どうだった?」と聞いた。

「緊張しましたけど、楽しかったです。古賀さんすごい丁寧で穏やかで、話しやすい方でした」

「古賀さん感度いいよね。お笑いに明るくはないけど話題の取り上げ方も時期もセンス良かったから、今度こっちから別の連載企画提案しようと思ってて」

「いいですね」

「あとでお礼の連絡ついでに送っておく」

竹井さんは続けて、大倉さんに「ここのカット、あとちょっと詰められないかな?」と言った。

取材をしてくれた古賀さんについて、自分が表面的な印象しか持たなかったことが恥ずかしくなった。かといってこの会社で私が竹井さんのようなアンテナを求められているわけではないような気もする。規模の小さな会社で、竹井さんは二人も要らないはずだ、と自分に言い聞かせる。

「あと誰か、芸人さんの名前だした?」

「はい、今注目すべき3組を聞かれたので、答えました」

「そう」

誰って言った?　と聞かれると思ったが、竹井さんは少し考えたような顔をしただけだった。どの芸人もうちの会社に所属しているわけではないので、売り出す立場ではない。だからこういう場合は、一番近くで舞台を見ている一人として、個人的な意見として答えていい。そう竹井さんは瞬時に考えたのかもしれなかった。

私はデスクの椅子にカバンを置いて、引き出しからインカムを取り出し、着ていたパーカーと左耳に装着した。机の上には、昨日のうちに印刷しておいたライブの香盤表がクリアファイルに入れて置いてある。今日は十数組の芸人が順番にネタを披露し、間にトークコーナーが挟まっている、一時間のシンプルなライブだった。

劇場に降りようと事務所のドアを開けると、さっきの女の子が二つの学習机を重ねて持ち、一生懸命階段を下っているところだった。ひっくり返して上に乗せているほうの机のバランスをとるのに気をとられて、足元が不安定になっている。

「いける？　1台持とっか」

「大丈夫です、ありがとうございます」

「エレベーター使えばいいのに。机全部積んで」

「あ」

女の子はその発想はなかったという風に驚いた声を出した。私は思わず笑ってしまった。私も就職したばかりの頃は、竹井さんに向かってこの「あ」を毎日連発していた。効率や利便性、そんなものとは無縁ののんきな生活をしていたのだと、最初の一年でいやというほど思い知らされた。私が買ってきたガムテープを見て、竹井さんが「この世に紙ガムテープを欲してる人間は一人もいないから」と言ったことは、たぶんこの先も一生忘れないと思う。

「とりあえずこれだけ先持ってっちゃいます」

「ゆっくりで大丈夫だから、怪我しないでね」

ポケットの中で携帯が二回震えた。開くと、母親からのＬＩＮＥだった。

「これ忘れてる」

そっけない一文と、一枚の写真が送られてきていた。リビングの棚の上に置きっぱなしにしていた、クリーニング屋の伝票だった。ロングコートを地元のクリーニング屋に出したまま、取りに行くのを忘れていたことを思い出した。

代わりに取りに行って送ってくれない？　と言いたかったが、今朝引っ越しを終えたばかりの自立初日にそれは頼みづらい。

「年明けに取りに行くから置いといて」

入力している時に、下の劇場の入り口のほうから「大丈夫？」という声が聞こえてきた。声のトーンと入り時間からして、ピン芸人のエレジー越野だろう。潑《はつ》剌《らつ》とした語り口の芸風とは裏腹に、裏では神経質なところも多く、スタッフへの要求も細かい。が、そのぶん努力家で、いつも他の芸人より早い時間に劇場に入り、壁に向かってセリフの練習をしている。

「えーありがとうございます」

芸人さんに手伝わせちゃだめだよ、と注意しに行こうとして、ふと、華奢《きゃしゃ》なあの子にエレベーターで運ぶという発想は本当になかったのだろうかということが頭によぎった。

街が人で賑わうこの時期は、劇場の空気が独特だ。若手芸人にとって大事な賞レースが全て終わり、それまでのギラギラした戦いの空気から一変、緊張から解かれた穏やかな雰囲気が漂っている。お客さんも肩の力を抜いて、純粋にライブを楽しんでくれるようになる。しかし賞レースの結果によって、先月まで舞台に出ていた芸人が、信じられないほどテレビに引っ張りだこになっているのを目の当たりにするようにもなる。結果が振るわなかった芸人は、年明けのお正月番組の収録で仲間が忙しそうにしている事実を正面から受け止めなければいけない。楽屋でそれぞれの芸人が一年の労をねぎらって快活に笑い合っているのかと言われたらそうではなかった。大半の芸人は、こんなはずじゃなかった、もっとやれたはずなのに、と悔しい気持ちで一年を終える。そしてその中から、「来年も頑張ろう」と思えない芸人がでてくる。楽屋の隅から、あいつら解散考えてるらしいよ、という会話が聞こえてくるのもこの時期だった。

私がNACKに来て初めて迎える年末、すでにテレビで活躍して忙しくなり、賞レースにも参加しなくなっていたクロスが、ライブのゲストで一年ぶりに出演したことがあった。竹井さんが事務所を通して半年間オファーをし続けてやっと実現したライブで、クロスの事務所マネージャーから一本のライブとは思えないほど高額の出演料を提示されたが、竹井さんはそれを了承した。他の出演者もクロスと近い芸歴で交流のある芸人を多くキャスティングし、クロスのお客さんを喜ばせるラインナップを組んだ。当時はお笑いブームの狭間で、劇場から人が遠のいていたので、竹井さんは現状を打開するのに毎日ライブの企画会議をして、劇場を盛り上げるために頭をひねっていた。クロスが出演する日、竹井さんはそれまでずっと受付をしていた私に、初めて舞台袖の道具出し係を担当させてくれた。

仕事だからと平静を装ってはいたが、内心は舞台袖から間近でクロスのコントが見られるとドキドキしていた。けれど、その日のクロスのネタは漫才だった。いつもの衣装や小道具を駆使した華やかで大掛かりなコントではなく、テレビでもおなじみのコントをそのまま漫才に変換してやっていた。前の仕事から直接やってきたクロスは、出番ギリギリに劇場に入り、ネタ合わせをすることなくそのまま舞台に出て行った。私はマイクの高さをクロスの身長を想定して合わせたつもりだったが、服部は客前に立つとすぐにマイクを上に引き上げた。客席はほとんどがクロスのお客さんだった。トークコーナーでは久しぶりに劇場に出たクロスが、共演者たちと切磋琢磨していたNACKでの思い出話を、遠い昔の話をするように悦に入って話していた。途中で久保が、当時から仲の良かった芸人たちに向かって「でお前ら、まだ芸人やってたの？」と言った。芸人たちは揃って片手をあげて「おいお〜〜〜い！」とツッコんで笑いを誘っていた。クロスもその芸人たちもベテランというほど芸歴を重ねているわけではなかったが、クロスの大ブレイクは同期に焦りの気持ちを与えるには十分で、その感情をお客さんも共有していた。舞台袖で見ていた私の横に、気がつくと竹井さんも立っていて、「さっきのネタ、何回みても面白いね」と言った。クロスのコントを楽しみにしていた私の気持ちにも、忙しいクロスにも寄り添ったやさしい言葉だったが、私は舞台を見つめたまま、「はい」としか返せなかった。トークコーナーが終わった後、漫才のスーツを着たままタクシーに乗り込み次の仕事に向かうクロスを、劇場の入り口にある喫煙所から芸人数人が何も言わずに見送っていた。終演後に灰皿を片付けながら、ここにも季節があることを知った。芸人は出番前の緊張状態で落ち着きなくタバコを吸い、長いままで火を消すことも珍しくないが、十二月のタバコの吸い殻はどれも全部短かった。

私はこうして毎年灰皿を見下ろし、「オレたちはまだ劇場にいるのか」という哀愁に気づかないふりをしている。芸人は静かにタバコをふかし、自分たちのこれまでと今とこれからを見つめている。ここで一人の芸人の心に、劇場という存在がせわしなく近づいたり離れたりする。私は変わらず、劇場で息をしている。

その中で、ロクハラの小山は一年中変わらず明るかった。小山は、芸人仲間からは「こやろ」、後輩芸人からは「やろさん」と呼ばれていた。学生時代に先輩から「小山の野郎」と言われ、略して「こやろ」になったと、なにかのトークの流れで言っていた。ロクハラも「ネクストブレイク」の呼び声が高くなり、いつ売れてもおかしくない状態になって二年ほど経つが、周囲の身勝手で俗な反応に流されず、あくまで楽しんで芸人をやっているように見えた。こやろはタバコを吸わなかった。

「秋村ちゃん秋村ちゃん、あのねぃ、お願いがあるんだけどねぃん」

受付でチケット予約の確認をしていると、舞台上でリハーサルを終えたこやろが声をかけてきた。

「どうしました？」

こやろは普段気軽に話しかけてくるわけではなかったが、手間のかかる小道具や演出をお願いしてくるときはいつも変なキャラに乗せて話しかけてくる。舞台上では縦横無尽に暴れ回っているのに、芸人のお面をつけずに女の子と話すのは照れくさいようで、垣間みえるその初心《うぶ》な感じも女性のお客さんに人気の理由のひとつだった。

「用意してもらった机なんだけどねぃ、ちょっと1台ねぃ、」

「投げ飛ばして壊れますよね、先月の単独ライブ見させてもらいましたよ」

「うはははっは」

「私じゃ判断できないんで、竹井さんに聞いてもらえますか？」

「そかあ、秋村ちゃんが見てくれたライブでも机壊れてたかあ、ビックリだねえ」

「壊れてた、って、他人事みたいに言わないでくださぃよ、こやろさんが壊したんです」

「え、ぼくう？」

「私じゃないです、ぼくう？　って言いながら私のこと指差さないでください、ややこしいんで。何言ってるかわからなくなるんで」

「あははははっは」

芸人に向かって、スタッフがツッコミを入れたりするのは失礼にあたるんじゃないかと普段から気をつけてはいるが、こやろは他の芸人と喋るときと変わらず、私のヘタな返しにも嬉しそうに笑ってくれた。

そこへタイミングよく劇場から竹井さんが出てきた。

「あ、竹井さん、こやろさんが」

「どうしました？」

横を見ると、こやろは背筋を伸ばして、「いつもご苦労さまでぃす！」と言いながらお辞儀をして、大きく腕を振って楽屋用入り口のほうに走っていった。

竹井さんはこやろに向けた笑顔をすぐに消して、「なになに?」と聞いてきた。

「コントで、机1台壊してもいいかって」

竹井さんは笑って、「ああ、あれね」と言った。

「壊してもいいもなにも、今までもロクハラにはけっこう小道具やられてるから。この前だって袖にハケる時にダイブで飛び込んできてパネルへこまされたし」

竹井さんは手のかかる我が子の話をするように、目を細めて言った。

「私が代わりに竹井さんに聞いてくれると思ってるんでしょうか」

「返事しないでみようか」

「そうしましょう、聞かなくてもどうせ壊すでしょうし」

「あのオチ、めっちゃ面白かったね」

「めっちゃ面白かったです」

仕事中はきびきびと働いて隙がないが、竹井さんはこうやってネタの話をするときは、ひとりのお笑いファンとしての無邪気な顔をみせるのが嬉しかった。そして良かったネタに対して「面白かった」以外の言葉を使わない。これまでに膨大な数のネタを見ているのに、評論家ぶってネタを評価したりしない。その竹井さんのスタンスが、私たちスタッフにまで行き届かされている。「ネタを語らないように」と口を酸っぱくして言われたが、もしかしたら竹井さんはかつて、そういった発言をして誰かに注意されたことがあるのかもしれない。

楽屋に入り、ケータリングの置かれたテーブルの上の壁に香盤表を貼っていると、エレジー越野が覗き込んで、「えー、俺またトップですか？」と言ってきた。たいていの芸人は、順位を争うライブではなくても、自分の出番が一組目になることを嫌がる。客席がまだあったまっていない状態からネタを披露すると、本来得られるはずだった反応が得られず、ネタの出来が判断しづらい。一方ライブの主催者は、最初の空気がライブ全体の盛り上がりを左右するため、トップは比較的明るくネタによって波がない安定感のある芸人か、勢いのあるフレッシュな若手芸人に託す。最近では竹井さんがエレジー越野を一番か二番に置くようになったが、それを本人は不満に思っているようだった。

「すいません。でも竹井さんがいつもエレジーさんには助けられてるって言ってました。私もエレジーさんがトップの時は前半組のみなさんすごくやりやすそうにされてる、って」

「それってなんか前説《まえせつ》的な感じで思われてません？」

「いえいえそんなことないです」

「フリに時間使うネタとかＮＡＣＫでもやりたいんですけど、トップならやれないじゃないですか。たまには俺にもいい出順でやらせてほしいって秋村さんからも言っといてもらえますか？」

「わかりました、また話しておきます。すいませんいつもありがとうございます」

ＮＡＣＫで働き始めた頃、音響を担当していた男の先輩スタッフが、「ネタ順に口を出してくる芸人は、人徳ない人が多いんだよな」と漏らしているのを聞いたことがある。その先輩は常に態度が悪く、芸人に対して敬意が感じられないと注意する竹井さんとやり合っていた。去年竹井さんと大きな喧嘩をしてNACKを去ったが、芸人と近い距離で接するようになってからは、その先輩が言っていたことをよく思い出した。いなくなる直前、突然「秋村、美化すんなよ」と言われたこともある。「芸人は自分を認めてほしくてしかたない、どうしようもない奴らなんだよ」

人に認めてほしいと思うことは当然の欲求で、それを包み隠さず表にだせる芸人は素晴らしい、と竹井さんは言う。私はどちらかといえば竹井さんの意見に賛同していたが、あの忠告をまるごと否定する気にもなれなかった。私は客席で芸人に出会い、いつも舞台を見上げていた。先輩は音響ブースから常に芸人を見下ろしていた。そのことが全く関係ないとは思えなかった。

楽屋を出ると、前の通路でフルコクミンの高山と時雨の武藤が睨み合っていて、不穏な空気が漂っていた。はじめはSNS用の喧嘩動画を撮影しているのかと思ったが、他の芸人が楽屋の中から深刻な顔で覗き見たり、茶化すべきか決めかねているのを見て、これはなにか良くないことがあったのだろうとわかった。

「やり方が卑怯なんじゃねえの、って言ってるんだよ」と武藤が言うのに対して、

「どこが卑怯なんですか」と高山が言い返していた。

「文句があるなら直接言えばいいだろ」

「オレは別に武藤さんに言いたかったんじゃなくて、あくまでそういう人がいるっていう話をしただけです」

二人の横を通ってふたたび楽屋に入り、ケータリングが揃っているか確認するふりをしながら、今きたばかりの芸人が「どうしたんすか？」と、一部始終を見ていた芸人に尋ねているのに聞き耳を立てた。

「高山が昨日のラジオで、売れもせずに劇場にしがみついているダサい先輩って、明らかに時雨さんってわかる話をしたんだよ」

芸歴七年目コンビのフルコクミンは劇場でも人気があり、去年あたりからテレビのネタ番組でも注目され始めている。ネタだけではなくYouTubeやTwitterの使い方もうまく、時代に合わせて何事も器用にこなしているイメージがあるが、

調子があがっているゆえの勝気な発言が最近は目立っていた。それでも、芸人の自信はお客さんに必ず良いエネルギーとして伝わる。自信を持っている芸人の佇まいは、ファン以外の人も惹きつけ、さらにファンが増えるという好循環を生む。今年フルコクミンがわかりやすくスベっているところは一度も見なかった。

「たぶん単発で一回きりのラジオだから、なんか攻めたこと言わなきゃって思ったんだろうな」

そういえば昨日の夜中にTwitterを開くと、フルコクミンが出演したラジオ番組名がトレンド入りしていた。大抜擢されて話題になっていたので、武藤本人の耳にはいるのも早かったのだろう。

時雨は、コントはやらずに漫才一筋でやっていた中堅コンビだ。が、去年芸歴十五年を迎え、漫才の賞レースに出場する資格を失った。私がNACKに入った年、劇場の下馬評では「今年は絶対時雨が決勝にいく」と言われていた。本人たちからも「この一年で必ず売れるんだ」という気迫が感じられた。しかし残念ながら、あと一歩のところで時流を摑むことはできなかった。

そこから少しずつ時雨目当てに来るお客さんは減っていったが、漫才が二人から離れていっているようにも、二人が漫才を手放そうとしているようにも見えなかった。ただ目の前のお客さんを笑わせ、私も竹井さんも袖でたくさん笑っていた。時雨の漫才にはいつだって誠実さを感じた。楽屋でも常にまわりに芸人が集い話題の中心にいたが、時雨を愛していた先輩や同世代の人たちは、みんなテレビの人になった。奇《く》しくも、時雨の代は「黄金期」と呼ばれるほどの豊作で、その芸人たちとの比較で時雨がいじられている場面を見ることも多かった。

竹井さんは、十年前にNACKを立ち上げたとき、時雨の二人には本当にお世話になったと言っていた。まだライブ制作会社という存在が定着していなかった頃、「芸能事務所と違って、本当にお笑いが好きな人だけで会社つくるなんて、めっちゃいいじゃないですか」と、劇場前に立って積極的に呼び込みにも協力してくれたらしい。竹井さんは十年目以内の若手芸人が中心のライブでも、かまわずトリに時雨をキャスティングする。そして若手芸人目当てのお客さんの前で時雨が笑いをかっさらっているのを見ると、竹井さんは自分のことのように喜んだ。

「ていうか、ただのボケじゃないですか」

高山がヘラヘラしながらそう言うと、武藤は「それはちがうだろ」と声を荒らげた。

「何ムキになってんの、って言いたいのかもしれねえけど。そっちはガチでこういう芸人はダメだって語っちゃってるくせに、こっちが本心でそれは違うんじゃねえの、って言ったら、いやボケだっていうのはさすがにセコいだろ」

「あれのどこがガチなんですか。ラジオ聞いてないでしょ、聞いてないのに言わないでくださいよ。笑いにしてるじゃないですか」

「表で言ってる時点で隠せてねえだろ、冷めてるぶんなよ、気色わりいな」

楽屋の中で他の芸人に混じって黙って聞いていた時雨の岸が、突然椅子に座ったまま「高山〜」と言いだした。

言い争っていた二人も楽屋の芸人も、みんな岸のほうを向いた。

「なんですか」

「お前はほんとさぁ、」そう言って立ち上がり、しばらく何も言わずに、そのまま座って、「高山しすぎ！」と言った。

「は？」

「高山しすぎてて高山山高山高高だぞ！」

「なんですか」

「山が多いんだよ！　高ぇし！　バカ！　高山しすぎててたっか高山やっま山山～」

「うるせえな、なんだよ！」と武藤は怒鳴った。

「あんまこれ以上お前高高高になると山山山だぞ！　俺も山高になっちゃうよほんとに～」

岸の横にいたこやろだけが、立ち上がって「ほんとですね～！　岸さん確かに高山山高高高になってますね～」と言って、岸の肩を揉んだ。

「ほんと最近高山だろ？　だから山高高でほんと肩が凝ってしょうがないんだよ～おい肩タバコ行こうぜ～」

「はい肩タバコいきましょう～」そう言ってこやろと岸はお互いの肩を揉みなが

ら、ふざけたステップで喫煙所のほうに向かっていった。高山は舌打ちをして、呆然《ぼうぜん》としている私に「相方来たら、コンビニ行ってるって言っといて」と言いながら、そのまま乱暴な足取りで出て行った。

開演から30分過ぎた19時半になっても、高山の相方の成瀬の姿は見えなかった。高山はイライラして「起きろよ」と言いながら、楽屋の前で携帯を耳に当てていた。成瀬はおそらく、昨晩の深夜ラジオを終えて、そのまま朝からバイトに行き、一度衣装を取りに帰ったときに眠ってしまったのではないかということだった。いくら劇場を満席にできても、バイトしなければ食べていけないのが若手芸人の実状だ。昨日のうちに「後半出番でお願いできますか」と連絡がきていたので、彼らはトリから二番目にしていた。トリは時雨だった。出番まではまだ短くてもあと40分はある。

電話を掛け続けている高山に向かって、「最悪、後半にもう一回トークコーナー挟んで繋ぎますんで」と言い、インカムで音響や照明ブースにいるスタッフに同じように伝えた。客席の後ろにいる竹井さんから、そうなった場合の曲や映像の切り替え方の指示が飛んできた。そして繋ぎのトークは時雨のお二人にお願いして、と言われた。

さきほどの喧嘩を竹井さんが見ていなかったはずはないので、あえてだとは思ったが、咄嗟《とっさ》にはその理由はわからなかった。こういった場合はたいていネタをやり終えた数組の芸人でわいわいとクロストークをすることが多い。

時雨の二人は、楽屋前の通路の壁に向かってネタ合わせをしていた。終わるのを待とうと少し離れた後ろに立っていたら、岸が私に気づいて稽古をやめ、「どした？」と言った。

高山と言い争ってたのを私が見ていたことはバレているので言い出しづらかったが、時間に迫られた状況だったので、

「フルコクミンの成瀬さんがまだ到着されていなくて、ネタの前で申し訳ないんですが、時雨さんに繋ぎのトークをお願いしたいんですが……」とおそるおそる伝えた。

すると、武藤と岸は間髪入れず、ほとんど同時に「おっけー」「いいよ」と言った。あまりにスムーズに受け入れられたので、反対に私が、「あ、え、いいんですか」と返した。そして二人はそのまま自然に、中断したセリフからネタ合わせを再開した。

その時インカムから、小道具出しとキュー出しを担当している亮太の「次、ロクハラさんです」という声が聞こえた。

ロクハラは前半のトリだった。成瀬が間に合わない場合を考えると焦るが、私は机を出すのを手伝うために、舞台の下手の袖に向かった。

最初から、終始客席は温かかった。ロクハラの前のコンビは逆印で、今日は特によくウケていた。逆印は声を張り上げず、ゆっくり呟《つぶや》くようなセリフに、不思議な設定のコントが特徴で、「シュール」という言葉で評されることが多かった。私も常日頃、「王道じゃなければなんでもシュールで片付けるのってどうなんだ」と思ってはいるが、代わりになる言葉は「不思議」しか持っていないので、声を大にして否定することはできない。逆印は他の芸人と違って沈黙や間をたっぷり使うことが多いので、ネタによって大きく反応が分かれたが、「逆印がウケるライブは、いいライブ」というのが、スタッフ間での共通認識だった。

下手《しもて》の袖で、三人のスタッフと自分の出す机を確認してスタンバイしていると、上手《かみて》の袖でスタンバイしているこやろが、服と背中のあいだになにかをしのばせたのが目に入った。自分の出番が終わり、ロクハラのコントを見に来たエレジー越野とこやろの相方の倉田が、それを見てこやろと一緒にイヒイヒ笑っている。私がロクハラの単独ライブを見たとき、そんな小道具をだすシーンはなかったような気がするが、なにか台本に修正を加えたのかもしれない。

逆印のオチ台詞で暗転になり、大きな笑い声の中で、転換の音楽が流れ始めた。亮太が素早く舞台に出て、逆印が使っていたハイチェアーを持って再び上手袖に戻った。

亮太は二つ下の二十二歳で、淡々と仕事をこなす。いつも冷静に判断できるので、竹井さんからの信頼も厚い。感情を表には出さないので、本当に笑いが好きなんだろうかと疑問に思うこともあるが、スタッフの中でも仕事のミスが一番少なかった。

暗転の中で亮太の背中を見ながら、昨晩きたＬＩＮＥを返していなかったことを思い出したが、一瞬で意識は机に戻った。私はスタッフに「ＯＫ」と合図を出し、一斉に舞台に出て、机のセットを始めた。

ロクハラの単独ライブを見たお客さんだろう、暗転の中でスタッフが９つの机を出しているのがぼんやり見えて、客席から数人のクスクスと笑う声が聞こえてきた。私もにやついてしまうのを抑えながら、自分が出すべき２つの机を、舞台の床に貼ったバミリテープに合わせて置いた。

スタッフ全員が袖に戻ったのを確認すると、私は上手にいるこやろに「板付きお願いします」と伝えた。学ラン姿に、紫色の触手が三本生えている角刈りカツラをつけたこやろが、真剣な顔ですたすたと歩いていく。舞台の中央に着いて立ち止まったのを見て、亮太がインカムで「明転お願いします」と言った。

舞台の照明がついた瞬間、一言も発さずに最初の笑いが起こった。こやろは顎《あご》を引いて、口をすぼめて上を向いている。笑いの余韻がある中で、さらに同じ学ランを着た倉田が舞台へ飛び出し、ひょうきんな声で寄り目をしながら「世紀末初日ぃ！」と叫ぶと、二回目の笑いがきた。ここからはロクハラ無双だった。

無事にコントが始まったことを確認して、舞台袖から廊下に出た。腕時計で時間を確認すると、すでに20時10分を過ぎていた。今日はネタ時間を気にせずのびのびとやっているコンビが多いようで、終演時間はずいぶんずれ込みそうだった。

前半ブロックが終わった後にトークをしてもらう芸人二組に、スタンバイを促すため楽屋に向かった。すると時雨の二人が、通路で他のコンビに並んでまだ熱心にネタ合わせをしていた。新ネタを下ろすから直前まで練習したいのだろうと思い、横を通り過ぎてそのまま楽屋に入り、「前半トークに出る方、舞台袖にお願いします」と声をかけた。

楽屋の奥で、難しい顔で落ち着きなくウロウロしている高山の姿が見えた。もし最後まで成瀬が到着しなかった場合に、一人でどのようにふるまおうか考えているのだろう。

楽屋の外のモニターを見ると、まさにこやろが机を投げ飛ばして見事に破壊したところだった。単独ライブの時は、そこでこやろと倉田が謎の童謡を歌い出してゆっくりと暗転していくという終わり方だったが、こやろはそのまま服の下に仕込んであったお面を取り出して、顔に装着した。画用紙で作った竹井さんだった。そして脚の折れた机を見て「ぎゃあああああ！」と叫んで卒倒した。舞台の外にまで聞こえる今日一番の大爆笑が起こった。受付に立ったり会場内で客席誘導をしている竹井さんは、ＮＡＣＫの代表としてお客さんに顔を認知されていたので、それを利用した演出だった。

モニターを見ていた他のスタッフと笑いながら、客席の後ろで竹井さんはどんな顔をしているのだろうと思ったときに、インカムから小さな声で「最高」というのが聞こえた。

21時を過ぎ、残すところはフルコクミンと時雨のラスト二組になったところで、亮太が「次、時雨のトーク入ります」と言うのが聞こえた。成瀬はまだ到着していない。私は再び下手袖に行って、スタンバイをしている武藤と岸に「すみません、カンペ出しますが、あんまり長くなるようでしたらこちらで切り」と言ったところで、武藤に「おっけー大丈夫大丈夫」と遮《さえぎ》られた。

前のコンビの漫才が終わり、音楽が鳴って暗転すると、下手袖に来ていた亮太がセンターマイクを取りに舞台へ出ようとした。その時、武藤が亮太の腕を摑んだ。

「え？」亮太は驚いて後ろを振り向いた。私も何が起こったのかわからずに、武藤の顔を覗き込んだ。すると武藤はさらに亮太の体を羽交い締めにした。「ちょ、ちょっとやめてください！」

岸が焦る亮太の前に回って、胸元に付けているインカムのマイクボタンを押し、声色を変えて「明転お願いします」と言った。

舞台の照明がつき、二人は「どうも～」と言いながら、何事もなかったかのように明るくセンターマイクへと向かっていった。

唖然《あぜん》としている私と亮太の耳に、竹井さんの、

「ちょっとネタじゃないよ！　トークって言ったでしょ、なにやってんの亮太」

という声が聞こえた。

亮太は苛立《いらだ》った声で、小さく「知らないですよ、時雨の二人に聞いてください」と言った。おそらく楽屋のモニターで見ていた高山が、慌てて舞台袖にやって来て、「え、なんで時雨さんが先にネタやってるんすか、え」と焦って聞いてきた。私は「すみません、トークをお願いしたんですが」と言うしかなかった。

武藤はいつものつかみの挨拶をして、それに岸がツッコんだ後、突然センターマイクの前に出て、舞台のへりにうつ伏せで寝転び出した。

時雨はしゃべくり漫才が基本で、動きを使った漫才をやらない。何が始まるのかと思っていると、武藤が「うお〜〜〜〜」と言いながら体に力をこめる動作をした。

すると岸が明るい声で「いや、お前、劇場にしがみつくなー！」と言った。客席から大きな笑い声がした。おそらく6割ほどのお客さんが、昨日のラジオの件を知っている様子だったが、その他のお客さんも、時雨が突飛なことをやりだしたのを面白がっていた。さらに岸も武藤の上に覆いかぶさって、「うっお〜〜〜〜！」と声を出して、武藤を摑む手に力を込めた。武藤が「いや劇場にしがみついてる俺にしがみつくなー！」と言った。また笑いが起きた。時雨を引っ張っているのはネタを書いている武藤だということをたいていのお客さんは知っていた。

「んだよあれ」

隣で見ていた高山が舌打ちをしたのが聞こえた。一瞬で悪者になったことに苛立っているようだった。この後のトークコーナーをどうするか判断をしかねていると、舞台上の武藤が「こんな時は、あいつを呼ぶしかない！」と言って、こちらの袖に向かい、「高山ぁ！」と叫んだ。袖にいた人間が一斉に高山のほうを向いた。

「高山～！　助けてくれぇ～！」続けて岸も、ふざけた声色で大声を出した。

高山は小さな声で「くそっ」と言って、少しためらっていたが、覚悟を決めたように息を吐き、舞台に出て、「何してんすか」と言った。客席から、笑い声と拍手が起こった。楽屋にいた芸人も「なに？　どうなってんの？」と袖に集まってきていた。

高山は舞台の中央まで歩いていき、二人を見下ろして、もう一度「何やってんすか！」と言った。さっきよりもポップな声だったので、歩いている間にしっかりとこの悪ふざけに乗っかることを決めたのがわかった。二組の関係性が気になっていたお客さんにも、声の変化でこれが前向きな即興コントだと伝わった。高山はこういうところが本当にうまかった。

高山が武藤の上に覆い被さっている岸の背中を掴んで引っ張ると、岸はそのまま「あ〜〜れ〜〜〜」と言いながら、舞台袖まで転がっていった。

「いや、岸さんしがみつく力、弱！」

高山の言葉で、またもや笑いが起こった。

武藤は「うぬぬぬ」と言いながら、より一層力をこめたというモーションをした。高山はシャツの腕をまくって、武藤の脇に両手を入れて持ち上げようとしたが、武藤はぴくりとも動かなかった。

「ふ、深くしがみついてる！」

「高山ぁ！　助けてくれぇ！」

「いや自分でくっついてるんでしょ！　何でなんですか！」

「親離れできねぇんだよぅ〜」

「親？　劇場が親ってこと？」

「初めて見たのが劇場だったからさあ！」

「ヒヨコかよ！」

「おいらのママはやさしいんだよぅ」

「あんただけの親じゃねえんだよ！　んだよ力強ぇなあ！」

すると次は、袖に転がっていった岸が再び舞台上に戻ってきたが、その足元にはこやろがしがみついていた。

「俺にしがみつくやつ珍し！」

そこでまた大きな笑い声が起きた。

「なにこれ」

横にいた亮太が、涙を流しながら笑っていた。袖にいる芸人も、ニヤニヤしながら自分たちも参加しようかどうか迷っている。

そこへ「ほんっとすみません」と言いながら、成瀬が息を切らして舞台袖に入ってきた。

私は芸人の間をかき分けて成瀬に楽屋へ行くよう促し、「いま時雨さんたちが繋いでくれてますんで、着替えたらすぐに出番お願いします」と伝えた。スタッフにもインカムで「成瀬さん到着されました」と言うと、明らかに笑いをこらえている声で竹井さんから「了解」と返ってきた。

成瀬は「え、時雨さんが？」と驚いた表情をしたが、すぐに荷物を投げだしてスーツに着替え、舞台袖に走ってきた。

亮太が、舞台の演者に見えるように「成瀬さん来ました」と書いたカンペを頭の上で振ると、いつの間にかこやろにしがみついていた武藤がそれに気づいた。

急に立ち上がってこっちを指差し、

「わ、舞台袖にオッパイ大きい姉ちゃんがいる！　しがみつかせて～！」と言って、こちらに走ってきた。

袖に入ってきた武藤は、亮太に早口で「暗転のタイミング言うわ」と耳打ちして、楽屋に走っていった。すぐに戻ってきた武藤の手には、こやろがネタで使った竹井さんのお面が握られていた。亮太がインカムで「まもなく暗転します」と伝えると、急に私の視界が真っ暗になった。

「え？」

後ろから武藤が肩に手を置いて、「俺が押したら出て、大きい声で、いつまでやってんねんって叫んで。いい？」と囁《ささや》いた。

「ちょ、ちょっと待ってください」

私は顔に手を当てると、竹井さんのお面がかぶせられていることに気がついた。突然のことで、緊張のあまり一気に汗が噴き出した。

岸にしがみつかれている高山が「何がどうなってんだよ！」と言った瞬間に、武藤が私の背中を思いきり押した。

「い、いつまでやってんねん！」

思ったよりも声が出ず、裏返ってしまって顔が一瞬で赤くなるのを感じた。

その瞬間、暗転とともに割れるほどの大爆笑が聞こえた。私は体に強い衝撃を受けたみたいに、一歩後ずさった。転換の音楽が流れる中、呆然と立ちすくんでいると、誰かが手を引っぱって袖に連れていってくれた。お面を取ると、それはこやろだった。

「秋ちゃんやるねぃ」

「ちが、私じゃなくて武藤さんが」

亮太がインカムで「それではフルコクミンの漫才いきます」と言うと、再び明転し、高山と成瀬が舞台に飛び出していった。

舞台袖から出て時計を見ると、21時40分を過ぎていた。

この後の時雨の漫才とエンディングトークを考えると、終演時間は22時を過ぎてしまう。

あまりにも時間が押すと、終電に間に合わないお客さんからのクレームに繋がる。申し訳ないとは思ったが、ネタ時間を短くしてもらうために声をかけようとすると、時雨の二人は楽屋に戻るところだった。

「すみません、ネタ尺なんですが」

「俺らもういいよ」

岸はスーツの上着を脱いで、ネクタイを外しながら「うんもう大丈夫〜」と言った。

「いや、でも」

「もうお客さんも十分だと思うから、竹井さんにも言っといて」

武藤は舞台衣装のまま、楽屋のハンガーにかけていたアウターを羽織り、「じゃあおつかれ〜」と言って、腕をあげて出て行った。


舞台と楽屋の片付けを終え、二階の事務所に戻ったときには0時半を過ぎていた。他のスタッフを終電で帰らせ、竹井さんと亮太と三人でコンビニで買ったコーヒーを飲みながらアンケート用紙に目を通す。

今日はライブ全体が盛り上がっていたため、「とても面白かった」という意見が多かった。ライブ名でツイートを検索すると、「すごいものをみた」「時雨プロすぎる」「時雨かっこよかった」という書き込みが目立つ。

「ロクハラさんのあの破壊ネタがかすむとか、えぐいライブでしたね」

普段ならどのスタッフよりも先に帰る亮太だったが、めずらしくテンションが上がっていて、可愛い一面もあるんだなと思った。

「でもちゃんと辛辣なのもきてる」

竹井さんは手に持っていたアンケートの紙を一枚、亮太に渡した。

「『終演時間を守って欲しいです』か。でもこれ言われてもどうしようもできないですよね」

「むずかしいね、私も面白かったらどんどんやっちゃえって思うけど。お客さんの気持ちもわかる。運営でできることはちゃんとやらないと」

私は手に持っていた一枚を竹井さんに見せた。

「こんなのもあります、『遠くから来たのに時雨のちゃんとしたネタを見れずに残念でした』って」

「確かに時雨さんは、完全にフルコクミンさんのお客さんに向けてやってたよね。自分たちのお客さんなんかもういないんだって思ってた」

「でも今日でまたファンが増えたかもしれないですね」

「そうだね」

亮太はアンケート用紙を机に置いて、「そんな簡単じゃないでしょ」と言った。

「今日一番嬉しかったのはフルコクミンさんのファンだと思いますよ。良かった、自分の応援してる芸人が、誰かを怒らせてなくて安心した〜って。時雨さんは後攻で反撃しただけです。誰かのファンになるっていうのは、その人にとって確かなものなんですよ。その人のファンでいる自分のこともひっくるめて好きになるんです。無意識にでも、いま時雨さんのことを好きになる理由が必要なんです。今日の時雨さんみたいに一時の評価は得られても、これで時雨さんのチケットが伸びるようになるとは思えない。フルコクミンさんに勝ったわけじゃないです」

「勝ち負けじゃないよ」竹井さんは諭すように言った。

「勝ち負けです。人って、やっぱりいろんなものに勝ってる姿を見てファンになるんです。そしてファンになったら、やっぱり勝ち続けてほしいんです。ウケ続けてほしいんです。全然結果がでなくても、漫才を見れたらそれでいいって思ってくれてるなんてのは幻想で、その芸人が売れたいって思っている限り、売れなかったら同じようにファンも傷つくんです。だから今日は、時雨さんが数少ないファンの気持ちを考えるなら、しっかりと漫才をしないとダメだったんだと思います。でないと本当にファンはいなくなります」

亮太は普段よりも大きい声で、一息に言った。

「でも亮太、めちゃくちゃ笑ってたじゃん」

「俺は誰のファンでもないんで、ライブが盛り上がったらそれでいいんですよ。時雨さんが売れようが売れまいが関係ない」

「そんな言い方」

「私は今日の時雨さんをみてカッコイイと思ったし、誇らしかったよ」

「竹井さんは時雨さんにお金を落としてるファンじゃないじゃないですか」

竹井さんは一瞬むっとした表情をしたが、すぐに冷静になって「漫才はファンを増やすための道具じゃない」と言った。

「道具もなにも、今日まともな漫才してなかったじゃないですか」

「時雨さん、直前まで漫才しようとしてた」

私は、楽屋の前で出番直前までネタ合わせをしていた二人の姿を思い出して、言った。

「しかも何本もネタ合わせしてた。多分、成瀬さんが到着するまでずっと漫才だけで時間繋ぐつもりだったんじゃないかな」

「じゃあなんでやらなかったんですか」

「わからないけど、舞台にでた瞬間に感じることがあったんだよ。フルコクミンのファンの、時雨を見たときのなにか言いたそうな表情を感じ取ったんだと思う」

「まあ、何本も漫才やられてもキツかったんで、あれでよかったですけどね」

竹井さんは反論したそうな顔をしたが、コーヒーに口をつけて言葉を飲み込んだようだった。それから、

「二人、今日タクシーで帰っていいよ」

と言って、財布から一万円札を2枚取り出した。

「いいですいいです、そんなに遠くないんで、歩いて帰ります」

「いいよ、秋村さん今日疲れたでしょ」

「でも」

亮太はためらわずに「ありがとうございます」と両手を伸ばして受け取った。

「ほら」

「じゃあ、すいません甘えます、ありがとうございます」

私がお金を受け取ると、竹井さんは机の上にあった紙袋を取って、「これ、引っ越し祝い」と言った。

「え」

「デフューザー。香り気に入るといいんだけど」

「いいんですか？　ありがとうございます、帰ってすぐ置きます」

「明日、昼過ぎからでいいから。遅くまでお疲れ」

亮太と二人で大通り沿いを歩いた。昼間よりも冷え込みが強く、ふいに吐いた息は白く街にほわっと浮かんだ。上着のポケットに手を突っ込んで、中でグーを作って冷えた指先をあたためる。新宿は何時になっても賑やかなままで、乗ろうと思えばいつでもタクシーに乗れたが、「空車」の表示をみても、二人ともなんとなく手はあげなかった。


「竹井さんが暗に帰れっていうの、あんまりなくないですか？　秋さん、事務所で寝ていくつもりでしたよね？」

「たぶん今日のライブの映像見返すんだと思うよ。亮太に言われたこと、気にしてる感じだった」

「言われたことって？」

「竹井さんは時雨さんにお金を落としてない、っていうの」

「ああ」

「実際そうだよね、竹井さんは時雨さんに売れてほしいと思ってるのに、どうしたらいいかわからないんだから」

「秋さんは？」亮太は自販機の前で立ち止まって、ホットのレモネードのボタンを押した。

「私？」

携帯を当ててピッという電子音がしたすぐ後に、ガコンと２８０mlのペットボトルが落ちてくる。亮太はそれを取って私に渡してくれた。

「ありがと」

「秋さんは、時雨さんとか、フルコクミン、ロクハラ、はかの人たちもみんな売れてほしいって思いますか？」

亮太はホットの緑茶のペットボトルのボタンを押した。

「売れてほしい、うん、そりゃまあ思うかな」

「ほんとに？　劇場からみんないなくなっても？」

ガコン、という音が、さっきよりも大きく鳴った気がした。

「うーん、どうだろ。本当はみんな劇場で食べていってもらえれば一番いいけど」

「でも無理でしょ」

「そうだよね」私はペットボトルを両手で包んで、感覚がなくなっていた指先に熱を与える。

「今日、時雨さんに押されて舞台に出て笑いを取ったとき、どう思いました？」

「ああ」

私はあの時体に走った、今まで感じたことのない電流のような衝撃を思い出した。

「やめられるわけない、って思った」

「え？」

「これを浴びて、そりゃやめられるわけないよなって。あの感覚を知ってしまったら」

芸人はみんな、あの稲妻のような快感を追い求め続ける中毒者なのかもしれない。

ペットボトルの蓋を開けて、ゆっくりとレモネードを喉に流し込む。体の中心に熱が戻っていくのを感じる。舌の上に甘みとやさしいレモンの酸味が広がった。

「でLINE返してなくてごめん、話ってなんだった？」

「あ、はい」

亮太はまだお茶を取り出さずに、じっと取り出し口を見ていた。

「俺、春まででこの仕事やめようと思って」

「え、なんで？」

私が顔を覗き込んでも、亮太はこちらを向かずに、少し間をあけて「ずっと考えてたんですけど」という言葉を下に落とした。

「進まないことを望む自分が嫌になっちゃったんです。俺はこのまま劇場で、ずっと笑い声を聞いて、みんなこのままでいてくれって思うんだろうなって。俺ね、不思議と一度も芸人になりたいって思ったことないんです。そばで芸人が輝いてる姿をみても羨《うらや》ましいとは思わなかった。お客さんと同じように、この空間にいられることが嬉しいと思ってました。でもそれより、自分が好きなこの場所が、誰かがはやく手放したい場所っていうのが、ずっとうまく受け入れられなかったんです」

亮太はそこでしゃがんで、ゆっくりとペットボトルを取り出した。

「結局愛してほしいんですよね、間接的にだとしても、誰だって」

私は、自分が気づかないふりをしていた感情を、亮太がぽつぽつと言葉にしていくのを黙って聞いていた。

「秋さんは劇場好きですよね」

「うん、好きだよ」

「見てたらわかります。竹井さんは芸人が好きで、秋さんは劇場が好きです」

「なにが違うの?」

「竹井さんほど秋さんは芸人の苦しみを背負わない」

私は自分の好きな職場で、なぜ苦しまないといけないのかわからなかった。

「前に進もうとする気持ちに寄り添うかどうかです」

寄り添ったとしたら、私の行動はどう変わるというのだろうか。

「亮太はなんでこの仕事に就いたの？」

「なんでって」

亮太は無理やり表情を消して、

「タダでお笑いが観れるからです」と言った。

車道に向かって歩き出した亮太が右手をあげると、目の前に個人タクシーが止まった。

「はずれ」

「そんなことないでしょ」

ドアが開いて乗り込む亮太に、「飲み物、どれがいい？　って聞けよ」と言うと、振り返りながら「ツッコミ、遅すぎです」と言った。

こうやっていつも少し照れながら、私にだけ小さなお笑いをやる。

そんな亮太がいなくなるのを想像したら、信じられないくらい悲しくなった。

年末は怒濤のように過ぎ去っていった。外部の大きな劇場を借り切ってライブを運営するのは普段よりも神経を尖らせなければいけなくて、その日限りのバイトスタッフを動かすのにもかなりの労力を使った。冬休み期間に来るお客さんは、ライブに来るのに慣れていない人が多いので、隅々《すみずみ》まで気配りをしなくてはいけない。竹井さんはいつになく激鬼モードで、インカムで各スタッフに容赦のない怒りの指示を飛ばし、私は中間の立場で舞台袖や受付や機材室と、一日中劇場の中を走り回った。

亮太は普段通り、淡々と仕事をこなしていた。竹井さんにはやめることをまだ話していないようだった。イベントが落ち着いたら、やりたいことが見つかるまでもう少し続けてみない？　と話してみようと考えていた。うまく言葉にはできないけれど、ものごとをフラットに見られる亮太は私よりもずっとこの仕事に向いていると思っていた。

ロクハラの机を階段で下ろしていたスタッフの女の子は、クリスマスを境に来なくなった。エレジー越野と並んで歩いているのを見たと高山が言っていたが、それを聞いた竹井さんは「だろうね」と一言言ったきりで、それ以上なにも言及しなかった。

　バイトの女の子たちが、仕事の合間にちらちらと舞台が映っているモニターを見ていた。年末は特にメディアで活躍している人もゲスト出演しているから、どうしても浮き足立ってしまう。たまに客席から聞こえる大きな笑い声を聞くと、みんな作業の手が止まった。指示を出す立場として「見てないで仕事に集中して」と注意しなければいけないが、私と同じようにお笑いが好きで応募してきた子たちだから、気持ちがよくわかる。受付まわりや客席誘導を嫌がり、舞台転換の道具出しや楽屋の準備をやりたがるのも痛いほどわかる。けれどその思いが不純なものに変わらないでいてくれと、社員の立場として常に冷や冷やしていた。

　ロビーから楽屋に向かおうと裏の通路に出ると、先週採用したばかりのバイトの女の子が一人、立ち止まってモニターを見上げていた。ＮＡＣＫで働くために、高校を中退して地方から東京に出てきたばかりだと言っていた。面接を担当した竹井さんが「なんか目がいいんだよね」と言っていた子だ。開場前に客席に置いた折り込みパンフレットの余りを両手に抱え、ショーウィンドウの中のドレスを見つめる少女のように、羨望の混じった笑顔をモニターに向けていた。私に気づくと、パッと顔を赤らめて「すみません！」と頭を下げ、慌ててロビーへ戻ろうとしたので、「あ、待って」と声をかけた。

「私も一年目の年末、竹井さんに気づかれないようにここで一人で見てた」

まだ怒られる可能性があると思っているのか、こわばった顔をしたままうつむいている。

その姿があまりにも当時の自分と重なり、私はふ、と笑ってしまった。

「ちょっと来て」

他のスタッフに気づかれないように、裏の機材室を通って客席後方の二階の音響照明ブースへつながる、普段使われていない階段へ連れて行った。

のぼりきったところで扉を開けると、演者と客席がつくりだす熱気が、すぐに体を覆った。

「ここ誰も通らないから、しゃがんで見てていいよ。10分だけね」

その子は感動した声で「ありがとうございます」と言って、すぐに座り込んで、パンフレットを抱えたまま嬉しそうに舞台を見下ろした。

その視線につられて私も下を見た。

ここで舞台を見ていた時も、今も、劇場はなにも変わらないなと思った。時が流れても、劇場はお客さんのどんな人生もきれいに客席に並べて、同じ景色をつくってくれる。

客席前方に、かつての奈美と私を見つけた。制服を着た知らない二つの背中からも、楽しそうな笑顔が想像できた。舞台の芸人が声を張り上げるたびに、揺れる背中に釘付けになる。私が永遠に続けと思うのは、あの後ろ姿なのだと確信しながら。

耳元から聞こえる竹井さんの「秋村さん、舞台袖フォローおねがい」に返事をして、かじりつくように眺めている女の子を残し、扉を閉めて元来た通路を引き返した。

十二月二十八日の「年末年忘れライブ」をもって、時雨は解散した。ファンに対しては二十九日のお昼に事務所のホームページと個人の Twitter で簡素な挨拶の文を出したのみで、「これが最後のライブになります」という事前告知は行わなかった。悲しい空気で終わりたくない、いつものように舞台に立ちたい、という時雨らしい選択だった。

竹井さんには、解散発表の一週間前に時雨の二人から連絡があった。仕事では気丈に振舞っていたが、端からみても心配になるくらい落ち込んでいる竹井さんに、私がかけられる言葉はなかった。しかし最後のステージに、所属する事務所のライブではなく、思い入れのあるＮＡＣＫのライブを選んでくれた二人の心遣いに感謝していた。解散までの七日間、竹井さんは仕事終わりに夜中まで過去の映像を見返して、時雨の漫才を編集してつなぎ合わせていた。最後の日に二人に渡すためだった。

時雨は最後のライブで、新しいネタを披露した。それは時雨の最後の美学だった。けれど若手芸人を応援しにきたお客さんの目には、それがいつ作られたネタなのかはわからなかったはずだ。竹井さんは時雨が喋り始めた瞬間、インカムで「新ネタだ」と呟いた。竹井さんは、当たり前のように時雨の全ての漫才を知っていた。二人は少し緊張していることを除いては、いつものようにトリで出てきて、いつものように漫才を披露し、いつものように舞台を降りていった。舞台袖にほとんど芸人はいなかった。もし解散を発表していたら、共演していたほとんどの芸人が見に来て溢れかえっているはずだった。でも二人はそれを選ばなかった。客席の後ろにいる竹井さんも、私も亮太も、今まで時雨が存在していた証《あかし》を目に焼き付けようと食い入るように二人の姿を見ていた。

向こう側の舞台袖に、高山の姿があった。真剣な顔で、二人の後ろ姿を見ていた。きっと、芸人が好きでしかたない竹井さんの計らいなのだろう。最後に時雨に向けられた笑い声は、高山の体にも溶け込んで今後も消えずに残っていくのだろうと思うと、なぜかとても安心した。

SNS上では、時雨の解散を知った人の「先に教えてくれたら見に行ったのに」という多くの書き込みに対して、「そういうなら普段から見に行ってやれよ」

という返信が何件かみられた。芸人にとってはやさしい言葉かもしれない。でも私はそうは思わなかった。劇場は、温情で来てもらう場所ではない。突き動かされるように、誘われるようにして足が向かうのだ。まるでここにたどり着いたのは必然だったかのように。抗《あらが》うことのできない運命だったかのように。

お客さんにも芸人にも「劇場があってよかった」と思ってもらうために、私たちは常に扉を開いておかなければならない。誰かが去っていっても、誰かがまたやってくる。そこにいた事実は劇場が、私が、全部覚えている。

一月五日までのお正月ライブが終わり、三日間の休みをもらったので、ようやく段ボールから荷物を取り出す時間ができた。六日は夕方近くまで寝て、外が暗くなった頃に重い腰をあげて片付け始めた。

段ボールについている紙ガムテープをべりべりと剝がして、透明のポリ袋に捨てていく。強度と粘着の弱い紙ガムテープは剝がしやすく、運び終えてしまうと布ガムテープよりもラクに片付けができることに気がついたが、「だからといってね」と呟いて、実家での心の悪態を正当化する。

寝るために帰るだけの部屋とはいえ、この期間ろくに荷ほどき作業をせずに生活できていたのだから、やはりある程度は実家に置いてくればよかったのかもしれないという後悔がちらっと浮かんだ。アンケート用紙とフライヤーと夏服を入れた3個の段ボールは、開けないまま押入れの奥にしまいこんだ。

竹井さんからもらったデフューザーを箱から取り出して、棚の上に飾る。ほのかに自然の葉のような爽やかな香りがした。竹井さんはどんな部屋に住んでいるのだろうか。お笑いのこと以外プライベートの話を一切しない竹井さんは、ずっと摑めない存在だ。

片付けがある程度終わり、ソファーに乱暴に体を投げ出す。時計を見ると、22時50分だった。寝転んだままリモコンを手に取りテレビをつけて、ニュース番組にチャンネルを合わせる。天気予報のコーナーで、明日も今日と同じくらい寒いので気をつけてくださいと気象予報士が言った。あなたの明日は今日と変わらない一日ですと言われた気がした。携帯でTwitterを開くと、フォローをしている芸人が呟いている告知ツイートがひっきりなしにタイムラインに流れてくる。

「このあと23時からネタ番組でてます！　見てください！」

「コントで初出演で～す！」

収録時に撮ったであろう煌《きら》びやかなスタジオセットの前で笑っている写真とともに、跳ねるような言葉が並んでいる。

たいていのお笑いライブでも、エンディングトークの最後に告知タイムがあり、若手芸人はいろんなテンションで数少ないテレビ出演の告知をする。「ここで培ってきたことが実を結びました」という空気で、お客さんもニコニコと微笑んで喜んでいる。しかし、オンエア終了後に劇場の告知をしてくれる人は少ない。

亮太の「みんな売れてほしいって思いますか？」という言葉が頭によぎった。

私は自分に聞かせるように「売れろ売れろ」と言いながら、それぞれの告知ツイートにいいねを押したがチャンネルはそのままで、体のどこにも染み込まない政治ニュースを見続けた。

次の日、ＪＲ池袋駅の東口から10分ほど歩いたところにある大通り沿いのイタリアンのお店に入ると、左側の窓際にすでに奈美が座っていた。奈美は大きいサイズのメニューを膝の上で開き、その上に軽くあごを乗せて携帯を眺めていた。近づいて「ごめん、お待たせ」と声をかけると、「あき！」と、いつもと変わらない明るい声が返ってきた。そこへ店員が小さなビールグラスと、チーズの盛り合わせを運んできた。

「ごめん先にこれだけ頼んじゃった。料理はまだ」

「あ、ほんと。すいません私もこのビール同じので。でマルゲリータください」

「あとカルボナーラと、それ用に取り皿２つも」

奈美は体のラインが出るタイトな黒のタートルネックセーターに、濃い色のスキニーデニムに高いヒールを履いていた。黒い髪はポニーテールにまとめ、シルバーの小さなピアスをつけている。ほんのり甘くて、くどくない上品な香水の匂いがする。大学の四年間はいろんな派手な髪色をしていたが、大手の化粧品会社で働き始めて、いかにもキャリアウーマンといった大人の雰囲気に変わった。キリッとした眉にしっかりと口紅をひいたメイクは、私よりもずいぶん年上に見えた。去年職場の上司と付き合い始めたと言っていたが、奈美が積極的にその話をしなかったので、私たちの間であまり話題にのぼることはなかった。

「家、片付け落ち着いた?」

「全然。昨日やっと段ボール開けたとこ」

「すごいバタバタじゃん。だいぶ髪も長くなったね?」

「そうだ忘れてた。美容室も行こうと思ってたんだった」

私は肩まで伸びた自分の毛先を両手で触って、耳にかけた。

「うちの会社が出してる髪の保湿美容液、今度持ってくるよ。つやつやになる良いのあるから」

「えーありがとう欲しい」

テーブルに置いていた奈美の携帯にＬＩＮＥの通知がきて、ホーム画面が見えた。アプリのアイコンの下で、欧米人の若い俳優がこちらを射るような視線で見つめている。

「その画像、誰？」

「最近観てるネットドラマの俳優。この顔やばくない？」

奈美は、よくぞ聞いてくれた、という表情で私の前に携帯を差し出す。

「あーかっこいいね」

すこしあどけなさの残るその俳優は、見たところ十代後半か二十代前半の新人のようだった。

奈美はそのまま動画配信のアプリを開き、ドラマのサムネイルを私に見せた。

「このドラマさ、いわゆるロードムービーみたいな感じなんだけど、移動距離めっちゃ短くて面白いんだよね。普通アメリカの旅ものって州またがない？」

「そうなの？　あんまり観ないからわかんない」

「観たことあるやつ思い出してみ？　またいでるでしょ？」

奈美は話に夢中になると、途端に早口になった。かつて教室で私にクロスを紹介した昼休みも、同じようなスピードで前のめりな話し方をしていた。

「覚えてないよ。またがないのもあるんじゃない？」

「またぐんだよ普通。またぐときに州境の標識映すじゃん。でもこれは隣町とか行くだけなのに旅感だしてくるシーンが多くて、で、主役のこの子も無理にワイルドな表情作って車飛ばしてんの。それがなんかウケるんだよ。友達に借りてたもの返しに行くのにわざわざ意味のないドライブシーン差し込んだり」

「コメディ？」

「ちがうちがう、まじなのよ」

「そんなとこ引っかかるの奈美だけだよ」

「予算ないのかなとか、許可取れなかったのかな、とか色々想像して一人で楽しんでる」

ドラマのタイトルは耳にしたことがなく、今特に若い人の間で話題になっている作品ではなさそうだった。

「あと三年くらいしたらくると思うな。来日したら絶対空港に見に行こうって、インスタで知り合った友達と約束してるんだよね」

高校を卒業してからも、私たちはこうして数ヶ月に一度のペースで会って食事をし、近況を報告し合っているが、奈美は会うたびにハマっているものが変わっていた。この前会ったときは確か、結成二十年を超えたおじさんスリーピースバンドに夢中だった気がする。その前の一年はアニメの声優に熱をあげていた。対象はそのつど変わったが、それにむかう行動力はいつも惜しみなく発揮していて、一向に衰えることはなかった。

「いつも思うんだけどさ、そういうのってどうやって見つけるの？」

「そういうの？」

「これはハマりそうって思うもの」

「見つけるってほどでもないよ。いろいろ物色してたらなんかビビッてくるんだよね。今これを見なきゃ！　って思っちゃう。他と比べてそれだけ違う色にみえる」

「へえ、色が見えるんだ。……じゃあそれは、なに色ですか？」

「なに色って言わ……黄色くないことだけはわかるね」

「黙ってろよ」

「今度の木曜にまた黄色いか黄色くないか話そうね」

「話すかよ」

言い終わって、奈美は私の顔を見て笑った。

これは当時クロスがやっていたネタのセリフだ。「黄色いか黄色くないかに重きを置く男」というコントで、他のネタに比べてそんなにウケていなかったが、私たちはなぜか猛烈にハマってよく教室でマネをしていた。

「あぶな、久しぶりすぎてスルーしちゃうところだった」

「よく思い出したね」

「あのネタのせいで、私いまだに黄色いもの見たら服部の声で『あらぁ〜黄色いねぇ〜』って脳内再生しちゃうもん。スーパーで買い物するときとかまじで邪魔だよ」

まだクロスがそこまで人気がない時から、多分売れると思うな、と言ったのは奈美だった。奈美はなんでも人より早くキャッチするアンテナを持っていた。その能力を誰よりも信用していたが、今の私の全てをつくったあの日々も、奈美にとっては一時アンテナに引っかかっただけの流行《はや》りだったんだと思うと複雑な気持ちになる。

高校三年の卒業間近、劇場で働こうと思うんだよね、と告げた私に、大学進学が決まっていた奈美は「え、いいじゃん！　かわいい！」と言った。

咄嗟《とっさ》に放った、進路を打ち明けた相手に対する「かわいい」の意味をその時は理解できなかったけれど、きっと買い与えたおもちゃで子どもがいつまでも遊んでいるのを親が眺めているような感覚に近かったのだろう。私があげたものにそこまでハマってくれるなんて、といったような。私も昔そんな時期あったな、といったような。

「クロス、今ゴールデンの番組でバンバンMCで活躍してるもんね。不思議だわ〜」

「ああ、そうだね」

私はNACKに就職してからほとんどバラエティ番組を見ていなかった。二十歳頃、テレビを見た奈美から「久保ちゃんドッキリかかってるおもしろ」とLI

NEが来ても、適当なスタンプを送り返してやり過ごしていた。竹井さんが楽屋で芸人に「昨日のオンエアすごく良かったです」と声をかけているのを見て、本当に熱心だなと思う反面、疲れて帰ってさらにテレビの番組までチェックしているのは化け物だと思った。竹井さんに声をかけられた芸人は、母親に褒められた子どものように嬉しそうな顔をした。竹井さんはその顔が見られることが喜びでもあるようだった。亮太の言う通り、私は竹井さんほど芸人に頓着していないのかもしれない。

「そういえば最近あれ見たよ、深夜にやってる若手のネタ番組。なんだっけな、紺色と茶色のスーツのコンビ。えーと、フル、」

「フルコクミン？」

「そうそう、フルコクミンズ」

「ズはいらない。フルコクミン」

「フルコクミンね。器用だよねあの子達」

たまたまとはいえ、奈美がまだお笑い番組を見ることがあるのは単純に嬉しかった。けれど奈美も私も、自分が面白いと思ったコンビに「器用」という言葉を使ったことは今まで一度もない。ライブ後に興奮している時は、「やばい」とか「えぐい」とか、そういうバカみたいな言葉を頻繁に使っていた。あの二人で語彙力を失う時間が好きだった。

「NACKにも出てるの?」

「めちゃくちゃ出てる。今は若手で集客力はナンバーワンかなあ」

「へえ、人気なんだ」

他にももっとフルコクミンや他の芸人について質問して欲しかったが、奈美の意識は店員が持ってきたマルゲリータに向かった。

「思ってたより大きいね」

「お腹すいてるから、私全然食べれるよ」

ピザカッターをピザの下から抜き取り、奈美は迷いのない手つきですばやく8等分した。

「奈美から見て、フルコクミンは売れると思う?」

できるだけ真面目な感じにならないように、チーズをひとつつまんで口に入れながら、気軽なトーンで聞いた。

「えー売れるかどうか？」

首を傾けてしばらく考えたあと、奈美は「わかんない、今はそんなたくさん見てないし」と言って、グラスに口をつけた。

「そうだよね」

私は奈美になんて言って欲しかったのだろうか。

自分で聞いたくせに、わかんない、の一言でなぜかホッとしていることに気づく。

「そういえば、あきさ、」

「ん？」

「あんまり笑わなくなったよね」

私は驚いて、鮮やかな赤い口紅をひいた奈美の唇をみた。

「……そう？」

「そうだよ。高校の時は、笑っていないと死んじゃうって感じだったのに」

奈美に誘われて初めて劇場へ行った時、ようやく息が吸えた、と思ったのを思い出した。

「若かったからじゃない」

「今でも若いよ。ライブ終わり笑いながらよく『帰りたくないー』って言ってた」

「あの頃はね。とにかく家にいたくなかったから」

「でも幸せそうだったよ」

「……奈美は死ななかったね」

「え？」

奈美は死ななかった。受験期間の奈美はずっとむずかしい顔をしていて、私は、はやく劇場に連れ戻さないと、なんて思っていた。でもそれは私の独りよがりだった。奈美は大学に行っても就職してもずっと楽しそうで、お笑いに笑わせてもらわなくても笑って生きている。あの狭い空間に閉じ込めなくても、世の中は奈美を笑わせるもので溢れている。
なぜか急に、自分が立ち上がって椅子を壊していくイメージが浮かんだ。頭の中で店にある椅子という椅子を持ち上げ、叫びながら床に叩きつけ次々に破壊していく。叩きつけた衝撃で折れた椅子の脚が天井に飛んでいき、シャンデリアにぶつかって大きな音を立てる。奈美がドラマの見どころを話している間も、壊れた椅子の山が目の前に積み上がり、笑いをこらえているうちに、夢中で話してる奈美の姿は隠れて見えなくなった。

休みの最終日、夕方過ぎにクリーニング屋にコートを取りに行った。一年ぶりに見た茶色のコートは、去年あれだけ愛用していたのになぜか魅力は失われていて、色もどことなくくすんで見え、家に持って帰る気がどうしても起きなかった。代わりに新しい上着を買うことにして、気が進まなかったけれど実家のクローゼットに置きに行くことにした。

地元の街に正月の気配はすでになく、いつもの日常が始まっていた。この街から私一人いなくなっても、何も変わらない毎日が流れている。私はこの街に必要ない。なんて、一ヶ月ぶりの帰省で無理やり感傷的になることもないか、と思い直し、家の近くのコンビニで母親が好きなお菓子と、父親の吸っている銘柄のタバコをお土産に買った。

家のドアを開けると、玄関に見慣れない白いスニーカーと、父親が仕事に履いていく革靴があった。平日に来客があるのは珍しいが誰だろうかと思うと、リビングでは母親が買い物袋から食材を取り出しているところだった。

「あら」

母親は手を止めずに「帰ってきたの」と言った。

「なに、その格好」

下ろしたての黒いスラックスに、似合わない水色のストライプのシャツの上から、カーディガンを羽織っていた。

「なにって制服。今帰ってきたところだから」

「は？」

上着はソファーの上に置いてあり、たった今帰ってきたばかりのようだった。

「お勤め始めたのよ、スーパーで」

私は状況を飲み込めず、語気が荒くなるのを止められなかった。

「意味わかんない。なんでお母さんが働くわけ」

母親は落ち着いた声で「お父さん、生徒さん殴っちゃったから」と言った。

「……殴った？」

突然、脳と心臓が鈍く揺れるのを感じる。

「バレー部の子。部活の練習中に。手を出したのかボールを当てたのか、生意気な態度とった子がいたんでしょ。詳しくは私も聞いてないけど。戒告処分になって、そのまま自主退職したんだって」

自分が知っている大人しい父親と、「殴った」という言葉がうまく結びつかずに混乱する。呼吸がうまくできない。

「お父さんのことだから、きっと言い訳もしなかったんじゃない。しばらくしたらまた就職先探し始めると思うけど」

「え、ちょっと待ってよ。お母さんなんでそんな落ち着いてるの」

「だって、しょうがないじゃない。もうやっちゃったことなんだから」

「しょうがないって、しょうがないわけないじゃん」

何で母親に怒っているのか、自分でもわからなかった。

「スーパーって」

「自転車でちょっと行ったところ。ほら、そこにあるのだと、近所の人に会うの恥ずかしいから」

「お母さん、レジなんか打てるの」

「思ってるほど絶望的ではないわよ」

母親が新人として扱われ、年下の上司に怒られている様子が頭に浮かんだ。

「お父さんは？」

「二階の部屋」

私は慌てて階段を上がったが、途中で立ち止まった。

なんて声をかければいいのか考えていなかったことに気づいた。父親は今なにを考えているのだろう。こういった時に父親が自分自身とどういう向き合い方をするのかすら想像できなかった。私は冷静になるために、ひとまず父親の部屋の隣にある自分の部屋に入った。

十八年間過ごした部屋は、全ての家具がなくなり冷え冷えとしていた。まだここを出て一ヶ月しか経っていないのに、もうずいぶんと他人の空間な気がした。クローゼットを開けて、クリーニング屋のビニールがかかったままのコートを掛ける。もう着ることはないような気もするが、NACKに就職して初めての給料で買ったコートなので思い入れがあった。買った後で、無難な色にしてしまったことを後悔したが、ライブの日に派手なコートを着てきたスタッフが竹井さんに怒られているのを見て、最後まで迷った真っ赤な色を選ばなくてよかったと思った。

耳を澄ましてみたが、隣の部屋からはなんの物音も聞こえなかった。

初めてこの部屋に入ったときのことは今でも鮮明に覚えている。私が小学校にあがる年の、まだ肌寒さの残る三月だった。

「ここが私の？　ここ全部？」と言って、クローゼットや引き出しを開けて回った。初めて与えられた、自分だけのベッド、自分だけの机。壁に耳を当てて、向こうの部屋の父親を呼んだ。数cm先にいるのに、遠くにいるように感じるのが不思議だった。

記憶の中の父親は楽しそうに笑っていた。なんで笑っていたのだろう。私がなにか面白いことを言ったのだろうか。その時以来、父親の心からの笑顔を見た覚えはなかった。

両親が目の前で喧嘩しているのを見たことはなかったけれど、夫婦の仲が冷え切っていることはわかっていた。この家に来て一年を過ぎた頃から、父親と母親は目を合わせなくなった。はじめは私が悪いのだと思っていた。片付けをしなかったり、ぐずってお風呂に入らなかったりしたことで、二人の視線の軌道を変えさせてしまったのだと思った。そうではないと気づいた頃に、私は二人の顔を覗き込むのをやめた。二人の温度のない会話に触れるたびに、私は部屋の中に籠って現実を遮断した。奈美が劇場に連れて行ってくれるまで、私はこの部屋で凍えて死にそうだった。

自分の部屋を出て、父親の部屋をノックする。しばらくして、感情の読み取れない「はい」という声が聞こえてきた。

ドアを少しだけ開けて、「入っていい?」と聞いた。

机に向かって本を読んでいた様子の父親は、椅子ごと体を回転させて、メガネを少しずらしてこちらを見た。毎年着ている、若草色のセーターが目に入った。白髪も目立ち、先月よりもぐっと老け込んだように見えた。

ノックしたのは母親だと思ったのか、私を見て少し驚いたようだったが、顔には出さず、「帰ってたのか」と呟いた。

私は持っていたビニール袋からタバコを取り出して、「はい、これ」と父親の前の机に置いた。

「ああ、ありがとう」

数年ぶりに入った父親の部屋は、記憶とほとんど何も変わっていなかった。棚には相変わらずきれいに並べられた小説や数学の参考書が並んでいて、机の上には一週間分の新聞が重ねてあった。子どもの頃はよく父親のいない隙を狙って部屋に遊びにきたが、すぐに退屈して5分もしないうちに部屋を後にしていた。

私は壁際にある紺色の一人掛けソファーに腰掛けた。勢いあまって来たものの、父親を直視することができず、部屋のいたるところにきょろきょろと視線を走らせる。

数秒間の沈黙のあと、父親は静かにメガネを外しながら、「一人暮らしは、順調か」と聞いてきた。

「うん。寝るのに帰るくらいだけど」

「そうか」

私は父親を見た。視線を感じたのか、父親は続けて「大変だな」と言った。

どんな部屋だとか、料理はしているのかとか、聞こうと思えばいくらでも質問できるはずなのに、父親は再び沈黙してまた何を考えているのかわからない顔をした。

そして机の上に置いていたケースからメガネ拭きを取り出し、レンズをゆっくりと拭き始めた。

「……『痛って～』って、言われた？」

「ん？」

「お父さんが殴っちゃった生徒、『痛って～』とか『なにすんだよ！』とか、なんかリアクション取ってた？」

父親はレンズを拭く手を止めて、この部屋に入ってはじめて、正面から私の目を見た。

「どうせそんなに強く殴ってないんでしょ？　スリッパで頭ひっぱたいたくらいの事でしょ？　そうじゃない？　こういうのってさぁ、あっちが明るく反応しないからシリアスになっちゃうんだよ。なんでみんなうまくできないかなあ。これライブだったらいくらでも笑いにできるところだもん。まわりも引いてないで笑えば良かったんだよ。『殴ったー！』とか言えばいいじゃん。だって漫才なんか、相方にうまく殴ってもらうように自分から頭持って行くんだよ？」

父親は下を向いて、少し戸惑ったような表情をしていた。

もしも父親が時雨のように叫び声をあげながら突然教室の床にしがみついたらどうなるだろうか。笑い声が起きるどころか、なにか恐ろしいものを見たように生徒たちは慌てて廊下に飛び出していくだろう。劇場で起こっていることは、一歩外に出ればとんでもない事件に変わる。事件は人を惹きつける。

「なのにおかしいよね」

暴言を浴びせられて笑う。相手の言葉に奇声で返す。喧嘩の末、デュエットをしながらチークを踊る。どれもこれも、日常でできたらどんなに良いだろう。そんなありえないものを笑いに、お客さんは劇場に足を運ぶ。自分にそういった欲望があることに気づくことが、幸せか不幸せであるかも判断できないまま。

「お父さんだって、劇場に来たら『もっと強く殴らないと、面白くない』って言われるよ。音だってちゃんと鳴らさないとウケないよ。中途半端だったからダメなんだよ」

父親は、泣いている私を再びまっすぐ見つめていた。

そしてやさしい声で、

「お前は楽しい世界にいるんだな」と言った。

「そうじゃなくて！」

私は自分の無力さが情けなかった。なにもできずにいることがこれほどまでに悔しいとは思わなかった。

「お父さんも『そんなわけねえだろ』って私に言うんだよ！『俺が悪いに決まってるだろ、身内だからって擁護しすぎなんだよ』って言うの！どう考えてもお父さんが悪いんだから。てか殴っちゃだめでしょ！時代考えなよ！なに時代生きてんだよ！」

かつて笑いに触れることで、目の前の現実がどんどん色褪《いろあ》せていくのを感じていても、変わらない現実はそこにあった。劇場で体中に笑いを浴びても、私は一度もただのひとつも、家に持って帰ることはできなかった。

「てかそんな熱い感じで顧問やってんのなんなの、熱血教師じゃん、家で全然そんなの見せないじゃん、私を殴ろうとしたこともないじゃん。どっちが裏でどっちが表なの？　こっちが裏？　裏の家ってなんなんだよ、ウケるんだけど」

「……ウケるか」

「ウケないよ！　そっちがウケてよ！　ウケろよちょっとぐらい！　ほんっと、いいかげんちょっとぐらいウケればいいじゃんって、なんでそんなこと言わなきゃいけないの！」

私はただ笑ってほしかった。私の力じゃなくても、母親にも父親にも、笑って自分の人生を彩ってほしかった。なのに、私は目の前で傷ついている父親一人笑わせることができない。

「お母さん、笑ってた」

「え？」

「やめたって言ったら、お母さんちょっと笑ってた」

「なんでよ。全然笑うとこじゃないでしょ」

「お父さんが困るのが嬉しいんじゃないか。お母さん、昔からそういうところあるんだよ」

父親はなにか古い記憶を思い出したように、本当に少しだけ、フッと笑った。なんなんだよ、私がこれだけ言ったのに、結局自分で笑うのかよ。で、久しぶりに笑ったと思ったらその程度かよ。笑い方下手だな。というのを同時に思い、私も危うくつられそうになったけれど、ここで笑うのは癪《しゃく》なのでなんとかこらえた。

「なに、もう帰るの」

玄関まで見送りにきた母親が、しゃがみこんで靴を履く私の背中に向かって言った。

「うん。コート置きにきただけだから」

母親は二階での父親との会話を気にしているようで、どんな話をしたのか聞こうか迷っている様子だった。家の中で大きい声を出したのは久しぶりで、一階まで聞こえていたのかと思うと今更ながら恥ずかしくなった。

「お母さん、意外とSなんだね」

「なにが」

「なんでもない」

「お父さんになに聞いたの」

「なんでもないって」

私は立ち上がって母親のほうに向き直り、「文化祭、今度よかったら来てよ。面白いから」と言った。

「実行委員もそれなりに頑張ってるし」

「あんたが出てるわけじゃないでしょ」

「出てたら呼ばないから」

私は置いてあるスニーカーを指差して、

「仕事で使うなら黒いほうがいいよ、すぐ汚れるから」と言った。

「社会人の先輩としてアドバイス」

「うるさい」

私は母親が嬉しそうな顔をしていることを願いながら、背を向けて玄関のドアを開けた。

帰り道、無性に劇場に行きたくなった。

今日はスタッフが少ないと聞いていたのと、竹井さんが外部との打ち合わせで途中までしかいないと言っていたので、運営は大丈夫だったかと気になっていた。でもそれより、三日間も劇場を離れて平気な自分に気づいてしまうのが嫌だった。しかしヘタな休日出勤アピールは、後輩たちから「私たちが頼りないということですか」と、疎まれる可能性もある。やめておこうかとためらったが、聞かれたらなにか忘れ物を取りに来たという言い訳をすればいいと思い直し、ライブが終わって30分くらい経ったであろう21時半頃を見計らって、少しの時間だけ立ち寄ることにした。

客席にはすでにお客さんはおらず、スタッフが掃除機をかけていたり、座席の椅子をキレイに整えているところだった。受付まわりを担当していたスタッフの女の子が客席に入ってきて、「あれ、秋村さんお疲れ様です」と挨拶した。

「おつかれ、今日大丈夫だった？」

「はい、ロクハラさん、前回壊した机を供養するネタでした。最終的にはもう1台壊してました。めっちゃ面白かったです」

「うわー見たかったな」

「でもお客さんはちょっと少なかったですけど」

「そっか。でもお正月明けは毎年そうだから。この週はそんなに集客気にしなくていいよ。あと最近忘れ物多いから、気をつけて見てて」

「わかりました」

亮太がいたら声をかけて帰ろうかと思い楽屋をのぞくと、こやろが一人ソファーで横になって携帯を触っていた。

「あれ、こやろさん、お疲れ様です」

「あら秋ちゃんおつかれぃ、いたの」

「今日休みだったんですけど、忘れ物しちゃって」

「忘れちゃんだったの」

「今日もすごかったって聞きました。誰か待ってるんですか？」

こやろは寝転んだまま、顔だけをこっちに向けて、「秋ちゃん」と言った。

「そんなわけないでしょ、私が来るの知らなかったんだから」

なにがそんなに面白いのか、こやろは全身を動かしてギャハハと笑った。

「帰らないんですか？」

「こっちは良いよねぇ」

「こっち？　こっちって？」

「ここ出たらあっちでしょ？　こっちがほんとだったらいいのに」

「何言ってるんですか。こっちもなにも、どっちも本当ですよ」

「そうかあ」

いつもよりも少し声の調子が低いような気がして、「なにかあったんですか？」

と聞いた。

こやろは体を起こして深いため息をつき、神妙な顔を作った。そして、

「育ててた恐竜の卵がもうすぐかえりそうだったんだけど、婆やが朝ごはんのス

クランブルエッグに使っちゃったんだよぅ」と言って、両手の人差指の先を合わせて俯《うつむ》いた。

「真面目に聞いたほうがバカでした」

「めちゃくちゃ美味かったんだけどねぇ」

「もういいです」

こやろはさっきよりももっと大げさに笑って、その勢いで立ち上がった。

「じゃあね、明日もよろしくね」

小道具を入れてぱんぱんになったリュックを背負い、ケータリングに置いていたクッキーを一つ取って楽屋を出て行こうとした。

「こやろさん」

「ん?」こやろは顔だけでこちらを振り返った。

「絶対ですよ、明日も絶対来てくださいね」

「そりゃ来るよう、ライブあるもん」

「何があったかわからないですけど、飛んだりしないでくださいね」

「あっははは、飛びそうに見えた？」

「バイトをクビになったとか借金で首がまわらないとか彼女にフラれたとか親が生徒殴って仕事やめるとか、理由はなにかわかりませんけど。不幸丸出しでもいいんでとにかく明日も絶対来てください」

「うはははっは、すごいこと言うなあ」

「こやろさんには、ここしかないんですからね」

「秋ちゃん、おれだって最近ちょこちょこテレビには出てるんだよ」

「知りません。こやろさんの場所はここです」

「そうなの？」

「そうです。ロクハラさん今年きっと売れると思います。スタッフみんな思ってます。売れなきゃおかしいです。だから、売れないでここにいてください」

「なにそれ。変なこと言ってる」

「こやろさんはここにいるべきです。ここしかないんです」

「秋ちゃんは？」

「私もここだけです」

「ははっは、おれたちやばいじゃ～ん」

そしてこやろは、去り際に小さく「わりがちょうねぃ」とつぶやいた。ありがとう、すら照れて言えないこやろが、とてつもなく愛しく思えた。


翌日の昼過ぎに事務所に行くと、デスクで事務作業をしている竹井さんから「STANDの記事、良かったよ」と声をかけられた。先月受けたインタビュー記事がwebで数分前に公開されていて、すぐに携帯で開いて確認する。

見出しには、「守り続ける大切な居場所」と書いてあり、開くとすぐに私のはにかんだ笑顔の写真が出てきた。突発的に顔が赤くなるのを感じる。

「写真もすごく良いよ、可愛く写ってる」

カットされると思っていた小学生の頃のエピソードも簡潔にまとめられていて、コメント欄には「笑いによって救われた経験ある人がこういう仕事に就いてくれている事がたいへ〜ん嬉しい」と書かれていて、なぜだか救われたような気持ちになった。

一応、記事のURLをLINEで父親と母親に送った。興味を示さないかと思ったが、父親からはすぐに既読がつき、「読みます」と返ってきた。母親からは返信がなかったので、続けて「校内新聞」と送っておいた。まだ根に持っている私もなかなかしつこいが、この程度の嫌味は続けていこうと思っている。

「そういえば竹井さんは、実家帰られたんですか？」

「うん、ダッシュで一日だけ帰ったよ」

「そうなんですね、良かったです」

「なんで？」

「なんか、竹井さんから家族とかそういう話聞いたことなかったんで」

「兄弟の家族も帰ってきたからみんなで鍋つついてお年玉ばらまいて初詣行って、バタバタだったよ」

竹井さんが姪っ子や甥っ子と戯《たわむ》れている場面を想像すると、不思議な気持ちになった。

「天涯孤独みたいなイメージのほうが良かった？」

「え、いや」

「私にはお笑いだけしかありません、私の生きがいはただそれだけです。そうやって一人で生きます、みたいなほうが良かった？」

「いやいやそんなこと」と否定したが、なにもかも見透かされているような気がして、「嘘です、ちょっとあります」と言ってへらへらと笑った。

「そうだよね。恋愛話とかしたら許さない、って空気でてるほうがいいよね」

「そうですね、そのほうがいいです」

「私ね、本当は芸人になりたかったんだよね」

「え」

「がっかりしたでしょ」竹井さんは、言葉とは裏腹に、なぜか嬉しそうな声を出した。

「しないです、しないです」

「どこにでもいる典型的なクラスのお調子者で、みんなの前でふざけたりするような子どもだったの。十八歳の時に事務所のネタ見せオーディションを受けに行ったんだけど、その時のネタ見せで足が震えて、なんにもできなかった。突然頭が真っ白になっちゃって。その一回きりで挫折した。超ヘタレ」

十五年以上前、未成年の竹井さんが緊張しながらやったのはどんなネタなのか知りたかったが、聞くのは野暮だと思い、

「そうだったんですか、知らなかった」とだけ返した。

「だから、芸人には自分ができなかったことを叶えてもらっている感じなんだよね。ネタを見ている時、確かに正面から見てるんだけど、その芸人になったつもりで一緒に舞台から客席を見ているの」

私は自分の意識が舞台の上にあがったことはなかった。舞台袖にいても、常に客席から、奈美の横で舞台を見上げていた。

竹井さんは芸人が好きで、私は劇場が好き。

そうかもしれない。私は舞台を見ていたい。私と竹井さんは、同じ空間にいて

も、それぞれ違うものを愛している。

じゃあ芸人と私たちでは、どっちのほうが笑いを必要としているのだろうか。

求める者と生み出す者は、どちらが依存しているのだろうか。

「別に本当はみんな、笑いがなくたって生きていけるんだよ」

竹井さんは私の心を読んだかのように、そう言った。

知っている。私だって、笑わなくたって生きていける。武藤だってこやろだって、舞台を降りても生きていける。


携帯が振動した。見ると母親からの返信だった。

「今日、お父さんと見に行きます」

私は椅子に座り、郵便物をどけて、パソコンの電源を入れた。

「竹井さん、ひとつわがまま言ってもいいですか？」

「どうした？」

「これから、ネタ順組むの、私にやらせてもらえないですか？」

竹井さんは少し顔を傾け、私の目を見て、

「いつ言ってくるのかなと思ってたよ」と笑った。

「ありがとうございます。今日はロクハラさんをトリにします」

「最高」


父親と母親が一番前の席で舞台を見ている背中を想像した。

二人の目の前で、次々と机が壊れていく。

折れた机の脚が、その場の誰よりも自由に飛ぶ。二人は驚いて脚の軌道を目で追ってしまうがすぐにそれがなんの意味もないことに気づく。

振動のような笑い声が充満し、二人は今までの日々ごと抱きしめられたような気持ちになる。そして劇場を出る頃には、来た時より少しだけ、本当に少しだけ、人生そんなに悪いものじゃない、と思っている。

かわいないで

月曜日、とりわけ三時間目の日本史は、すべての神経を研ぎ澄まさなければいけない最重要の五十分だった。

教室前方から流れてくる塚本の声を聞き漏らさないようにしながら、千尋《ちひろ》は右の席からの情報を確実にキャッチしている。音楽を聴いているときの、曲全体を把握しつつ、特定の楽器の音も探し出す作業と似ていた。クラス内では塚本が歌うくたびれた主旋律をしかたなく聴いている者が七割、あとの三割はそれぞれの楽器を小さく弾いてセッションしている。

千尋は興味の方向へ体が傾いていかないよう、背中にぐっと力を込めた。体の重心を真ん中に留めるイメージだ。健康番組でよく見る、線だけで描かれた人のかたちのイラストが脳裏に浮かぶ。体を支えるにはなんといっても姿勢、つまり背骨が大事。体自身がなぜ、「自分は支えなければいけない存在」だと思うのかというと、つまりそれは背骨が入っているから。となるとこの体は、背骨を大切に入れておくための単なるケースだ。自分という人間は、何を隠そう、歩く背骨ケースなのである。と、この発想が頭をよぎるのは実は三回目で、初めてこれを思いついた際にくっついてきた、おっ、というようなドキドキとか、やるやん私、といった、そういう誇らしい喜びはすでになかった。しかしこんなにインプットが忙しい時でも隙を見つけて入り込んでくるのだから、自分発のあらゆる考えの中でもよほど気に入っているのだろう。なにか軽口を叩いたあとに息をつく、そういう時にうっかり誰かに話してしまいそうになるくらいには。

音を鳴らさないよう注意して、椅子ごと机のほうへ体を寄せた。背筋を伸ばし、手に持った四色ペンの先をシャーペンから赤ボールペンに切り替える。十秒前にノートの上部に書いた「張作霖爆殺事件《ちょうさくりん》」のすぐ左の「1928年」にしゃっしゃっとアンダーラインを引いた。この気まぐれな行為によって、ノートに書いた歴史年表の中で張作霖爆殺事件が忘れてはならない日本史の一番大きな出来事となった。

塚本が教卓の上に置いた教科書に目を落としたまま、さあいよいよ〜、日本と満州が〜、きな臭くなってきました〜、と言って、紙にもたれかかるような手つきでゆっくりページをめくった。当時の軍人に聞かれたらなにを呑気な、と叱責されるような塚本の抑揚も、張作霖を悼《いた》んでいる場合ではない千尋の心情も、立派に現在の日本の平和を象徴している。

日本史を教える塚本は、両手で教卓の横のへりを摑んで体重を預けていて、肩の上部がこめかみあたりまで盛り上がっている。初老のわりに肩甲骨がやわらかい。若い頃からそうなのかな、なにか運動でもしていたのだろうな、などとどうでもいいことが頭をよぎっていた高校一年の一学期は、光の速さで過ぎ去っていった。

「で、歩いててんやん、で」

「うん」

「うん」

「めっちゃ暑かったから、『かなちゃん、チョコみたいに溶ける〜』って言って」

千尋の右隣、廊下側の席に座っている香奈美《かなみ》は、左半身だけ体を後ろに向け、ひそひそ声で後ろの二人に昨日の逢瀬のやり取りを仔細に語っている。塚本から見て左端の列は、体を横に向けていても注意されることがほとんどなく、完全に当たり席であった。どちらかといえば草食動物に近い細長い顔をしているのに、塚本の視界の幅はきっと真ん中を中心に三十度くらいしかないにちがいなかった。「教える」という能力のみに特化した動物は、自然界では一秒たりとも生き抜くことができないだろう。

香奈美の後ろの席の麻耶《まや》と、千尋の後ろの席の透子《とうこ》から、同じタイミングで笑いをこらえている声が聞こえる。

「か、かなちゃん⁉」

「え、トーマの前で自分のこと『かなちゃん』って呼んでんの？　まじで⁉」

「めっちゃぶりっこするやん！」

香奈美本人も、そんな自分の発言が面白くてしかたないようで、「『かなちゃん、チョコみたいに、溶けちゃいそうやねんけど〜』って言ってぇ、」と笑いを含みながら、さっきのセリフをもう一度繰り返した。しかし一回目と二回目では少しニュアンスが変わっている。実際に昨日香奈美が続けて言ったということではおそらくないはずだから、どちらか一つだけが真実であろう。「溶ける〜」と「溶けちゃいそう」では、甘さも融解速度も微妙に違う。溶けちゃいそう、はまだ溶けるまでに時間があり、このままこの状態が続いた場合は、というニュアンスがある。溶ける〜、はすでに少し溶け始めている。溶け始めている？

香奈美と麻耶と透子の間で繰り広げられるこの手の会話は、そういう小さな誇張や修飾が引っかかる。本人達が意に介していないことはわかっていても、やり取りの中に潜むそれぞれの意図を、千尋はなんとか汲み取りたいと思う。その後の会話にでた影響を、誰が自覚していて誰が自覚していないのか、知りたいと思う。しかし自分に向けられている言葉ではないため質問することができず、疑問は疑問のまま解消されずにナニ頭葉かに蓄積されていく。その蓄積物はふとした時に胸までおりてきて、持て余す。

「ほんで?」

「ほんで、『トーマ君、かなちゃんのために太陽消して~』って言って」

麻耶がたまらず噴き出す。透子も椅子を後ろにずらして、苦しそうに笑い声を殺している。このくらい体の動きをつけて盛り上がってしまうと、さすがに視界三十度の塚本も気づくのではないだろうか。大事な核の部分を聞く前にこのテンションになってはまずい。頼む、ばれるな、と隠れたリスナーである千尋が祈る。ここでバレると、トーマとの続きを聞くことができない。

「ちょ、つば飛んだってもう」

香奈美が大げさに腕を上げて、自分のシャツの背中を確認するそぶりを見せた。しかしそこまで嫌な気はしていないのが声の調子でわかる。千尋は、今のが自分だったら絶対に不快な顔をしてしまうと考えた。それは麻耶のことをあまり好意的に思っていないからで、もしも唾を飛ばしたのがたえちゃんだったら、逆にこちらの話題に対してそこまでの反応を見せてくれたことを嬉しく思うだろう。

窓側から二列目、前から三番目の席に座るたえちゃんに目を向ける。丁寧なスキンケアの努力によって作られたのではない天然の雪見だいふくのような白い右頬に、少し赤みが差しているのが見える。たえちゃんは、千尋が家族旅行のお土産であげた頭に猫のキャラクターがついたシャーペンを握ったまま、塚本が板書した文字をじっと見つめている。自分がプレゼントしておいて言うことではないが、あのシャーペンは可愛いだけでとても書きにくかった。千尋はたえちゃんとおそろいになるようにと買った同じシャーペンを、ペンケースの賑やかし要員としてしか考えていなかったが、たえちゃんはまんまるの右手で包み込み、今日も一軍として扱ってくれている。

「だって、太陽消してっ、って、まじでっ」

「なんなん？　銀河レベルのお姫ですか？」

麻耶はいつも相手が言ったことをそのままなぞった。そしてその後、肯定的な驚きも否定的な揶揄の場合も必ず「まじで」をつける。麻耶にとっては他人から発せられる言葉は全部「まじで」案件だ。トイレが近いことも「まじで？」だし、前髪を切ろうと考えていることも眠いことも「まじで！」だ。

それにひきかえ、透子はきちんと自分なりに解釈を展開させて返事をする。千尋は、香奈美の「太陽消して」を聞き、魔法使いにお願いする少女を思い浮かべた。魔法使いの格好をしたトーマが星のついたキラキラのステッキを持って、オレンジ色の太陽をえいっと一瞬で消す。でもたしかに、ここは魔法使いを登場させるよりも香奈美のわがまま具合に焦点を当てて誇張したほうがいい。透子は「銀河」という言葉を使った。「宇宙」ではなく「銀河」なのも良いし、「お姫様」を「お姫」と言ったのもなんだか良かった。透子の言葉を聞いて、すぐにファンタジーに結びつけてしまった自分はひどく子どもじみている。

「かわいないで（笑）」

トゥン、と心臓がひとつ大きく揺れた余波で、近くの胃やら腸やらもじわりと熱をもった。身体の反応で、この言葉を待ちわびていたことを自覚させられる。千尋は黒板に顔を向けたまま、すばやく視線だけを右に動かして香奈美の顔を見た。そこには予想した通り、「楽しい」と「嬉しい」が同じ量で混じり合った満面の笑みがあった。

夏休み明け、二学期の初日に行われた席替えでこのトライアングルに隣接する席になってから千尋は、香奈美へ向けた透子の「かわいないで」が発動されるのをしばしば聞いた。そしてそのたびに香奈美の表情を確認するのが癖になっている。香奈美の色気づいたエピソードには、必ず透子の「かわいないで」がセットでついてきて、透子も香奈美もこの一言のためにそこに至るまでの言葉を選びとっている。そして、香奈美の満足気な顔を見る限りでは、そこがその話題の目標到達点になる。

香奈美に代表されるような、異性との交流に積極的なクラスメイトの女の子の発言には、いくつかの思惑が隠れている。

ひとつは、友人といるときの普段のキャラクターを大幅にはみ出して、異性に「かわいい」と思われるためだけにふるまう生き物に成り下がっていることを自分でも理解していると示すこと（示しながらもう一度自分でも再確認すること）。そして、年上の大学生と関わりがあることを、自慢していると思われないように自慢すること。さらに、昨日の特別でスペシャルで甘美な時間を、友人との会話の場を利用しながらもう一度時間をかけてなぞってみせること。最後に、思春期真っ盛りである友人たちに、彼女たちの欲求に結びついた情報を与えてあげること。これらのコンプリートを目指し、自分自身の言動をできる限り俯瞰で捉えているように装って、大げさに昨日のデートでの会話を茶化して再現する。透子の好意的な「かわいないで（笑）」は、香奈美が欲を満たすための全ての努力が成功した証だった。

「ほんでトーマは、それ聞いてなんて言ったん？」

「え～、なんやったっけな。なんか、いや～無理やろ～、みたいな」

「まぁじで～」

「それ以外言うことないやろ（笑）。私でも言うわ（笑）」

「俺も消してあげたいけどな～、みたいな」

「ま～じでぇ」

麻耶はこのように、直接的な質問をする担当だ。場合によっては少し野暮だと言い換えてもいい。

例えば、遊びの誘いを「今ちょっとお金なくて、今日はやめとくわ〜」と断ったとしたら、「なんぼやったら持ってるん？」と無邪気に言ってのけるのが麻耶だ。こちらは「お金がない」と正直に伝える段階で多少の勇気を出しているのに、そこからさらに無駄な後追いをして心的なストレスをかけてくる。内向的な性格のたえちゃんとは絶対に相性が悪い。実際に今も、トーマのリアクションを語ることにはさほど香奈美の気持ちよさが伴わないことにも気づかず、真っ先に浮かんだ疑問をそのまま香奈美にぶつけている。

「トーマが何て言ったかはどうでもよくて〜、多分今はもうちょっとさ、香奈美のわざとらしいぶりっこ加減をいじってあげる時間じゃな〜い？」

香奈美に対してのサービス精神の観点から、心の中で麻耶にくだけた言い方で指摘してみるのだが、依然として千尋は部外者であった。

そしてついに〜、１９３１年、ね、満州事変が〜、起こってしまいます〜。

起こってしまいます。塚本は、どうにか満州事変が起こらないでくれと願っていた当時の誰かしらの立場に立って、黒板にピンクのチョークで大きく「満州事変」と書いた。これまでは集中していたのに、麻耶の性格について考えたせいで張作霖爆殺事件が満州事変にどう影響していたのか、千尋は聞き逃してしまった。しかしなんとなくの予想はつく。誰かの堪忍袋の緒《お》が切れて、それが行動として表面化したのだ。緒というのは、自分で切ることもできるらしい、というのもなんとなく知っている。テストのための歴史は暗記の側面しかないから、たしかに塚本くらいは登場人物に寄り添ってくれているほうがこちらとしても気が楽だ。

「で、そのあとは？」

「そのあと？」

「ヤッたん？」

麻耶の卑俗さを軽蔑する気持ちと、ファインプレーを讃える気持ちが一気に押し寄せ、血圧に姿を変えて上昇した。慌ててノートに１９３１年と走り書きして、ペンの色を変えてアンダーラインを乱暴に引く。逆だ。アンダーラインのほうを黒にしてしまった。最悪だ。しかも背筋を伸ばしすぎてなんなら少し反り腰になっている。

〜〜の〜〜を、爆破したことで〜、始まりました〜。

また爆弾が使われた気がする。昭和の初期はなんでもかんでも、気に食わない相手の大事なものを木っ端微塵《こっぱみじん》に吹っ飛ばすのが流行っていた時代なのだろうか。しかし歴史の伝道師であるはずの塚本が語尾をバカみたいに伸ばすせいで、爆発音は聞こえてこない。

「めっちゃ直球で聞くやん！（笑）」

露わにされかけた香奈美の身体にさっと布を覆いかぶせるかのように、透子がわざと早口で驚いた反応をして空気を弛緩させる。

「え〜〜〜それは〜〜え〜〜」

香奈美が、センターで分けた前髪を両手で梳《す》くように触った。ハッとして千尋は視線を黒板へ戻す。香奈美が髪に触れたことがわかったのは、直接的な視線を送っていたからだった。

「どっち？　ヤッたってこと？」

「えぇ〜〜」

「かわいないってだから」

「ヤッてるやん。ヤッてなかったら絶対ヤッてないって言うもん」

かわいないってだから、の透子の言い方が、さっきよりもせわしなかった。透子はかぶせた布の内側に入り込み、麻耶を揶揄しながらも早急に答えを知ろうとしている。発言権の有無の違いはあれど、透子は、ほぼ千尋だった。千尋は嬉しかった。

「いやでも待って、ヤッてないけど、うちらにヤッたと思わせてるっていう可能性もある？」

「ないやろ、なんでそんなことすんねん」

「ふふふふふ（笑）」

「ふふふふふ⁉　ふ五つ⁉」

再び三人が同時に笑った後、香奈美が数秒の沈黙をとったのが、この話題の終わりの合図だった。あがった口角が自然と元の位置に戻ったであろう時に、一瞬香奈美の視線が千尋の手元に注がれたのがわかった。

チャイムが鳴り終わる最後の一音まで、塚本は喋り続けた。ブレーキを踏んでもすぐには止まれない中古車を運転しているのか、単に強情であるだけなのか、いずれにせよ毎回生徒が起立する音にかき消されて何も聞こえなかった。千尋は香奈美の話の幕切れにも塚本にも苛立ちを覚えた。

「榎《え》並《なみ》さん」

「え?」

釣り糸で引かれたような勢いで横を向くと、腰をかがめて立っている香奈美が口の前で両手を合わせていた。

「あのさ、良かったら今の授業、ノートの写メ撮らせてくれる?」

元々人懐っこい顔つきではないけれど、申し訳なさそうにこちらを窺うような上目遣いはかなり様になっている。寄りかかることに慣れている人の、悪びれていない媚びた表情だった。

しかし千尋は、普段よりも水分量が多いような気がする香奈美の目の下のまつ毛にマスカラが塗られているのに意識がいった。「かわいないで(笑)」を引き出すためのかわいい状態をメイク部分で構成しているのは、チークや潤いのあるリップまでしか把握していなかったが、下まつ毛にもポイントがあったのか。できることなら、香奈美自身が好みとしているメイクと、対トーマ用のメイク、どのように違いがあるのか聞いてみたかった。

なぜノートを取れていなかったか千尋に言い訳をしなかったことにも、「状況はわかってくれてるとは思うんやけど」という香奈美の、分類でいうと「甘え」としか言いようのない感情が垣間見えた。いたずらっぽく笑った顔にかすかに含みを感じ、もしかしたら千尋が盗み聞きしているのを悟られたのかと顔が熱くなった。

「え、うちも見せてほしい。いい？」

右斜め後ろから声が覆いかぶさってきて、その直後に香奈美の横に麻耶の顔が並ぶ。麻耶は香奈美に比べて、キッチンにあるものを母親に取ってもらうときのような投げやりな声と表情で、感情の作り込みが杜撰《ずさん》だなと思った。

「あ、ごめん、ノート、途中ウトウトしちゃってて、後半全然取れてないかも」

千尋は謝りながら、嫌味に見えない速度でゆっくりと自分のノートを閉じた。

「あ、そっか」

「ごめん、ごめんな」

「誰かノート見せてくれへんかな」

麻耶は教室を見渡すようにキョロキョロしながらも、半径一メートルの空間に適当にクエスチョンを放った。その言い方には「ウトウトしてしまっていた榎並さんも誰かにノートを見せてもらう予定だとすれば、そのおこぼれをもらえないか」という期待が込められており、千尋は麻耶と同じように首を動かしつつ、有益な情報は何ひとつ与えるまいと、意味をなす言葉は発さないでおいた。

うっかり寝ちゃって、と言ってたえちゃんに頼めば、快くノートを見せてくれるのはわかっている。しかしそれを香奈美や麻耶に横流ししてあげる義理はなかった。ましてや今日は、トーマにまつわる芯を食った話も聞けなかった。

「黒川さんに聞いてみてや」

「無理やって」

麻耶が香奈美の肩を小突いて笑う。

千尋の列の一番前の席の黒川さんは、一学期の成績がクラスで一番だった。いつも一人でいるので誰かと話しているのを見たことがないが、そのことを恥じている様子はなく、常に凛《りん》としていた。メガネの奥の眼光が鋭く、人を見透かすような、寄せつけない空気がある。

「絶対断られるやろ」

「写メ撮るだけやん」

「じゃあ言ってきてや」

「無理」

「無理やん」

香奈美や麻耶に頼み事すらさせない黒川さんの背中がたくましく見えた。千尋は二人に、おそらく断らないだろうと推測された上、頼まれた側なのに三回も「ごめん」と謝ってしまっていた。その間、二人は一度も謝らなかった。

「要る？」

先ほどから一体どういう心情でいるのだろうと気にしていた透子がゆっくりと席を立った。あれだけ会話に参加していたのだから、さすがの透子でも一人だけしっかりノートを取っているなんてことはないはずだった。

「なにを？」

透子は麻耶の問いには答えずに、教室の左前方へと歩いていった。

「なになに？」

黒板脇にある机の上に置かれた電動黒板消しクリーナーと壁の隙間に手をいれて、充電ケーブルにつながれたスマホを取り外し、こちらに向かってスマホを持つ手を振った。

「録音してた」

「えー！」

「ま〜〜じでっ⁉」

透子はスマホの画面を確認してから、しゃがみ込んで机の下のコンセントから充電器を引き抜いた。

ここのコンセントは早いもの勝ちで、常に誰かのスマホの充電器が差してあるが、透子が使っている頻度は高かった。千尋はまだ一度も使ったことがない。充電したいと思ったタイミングが別の誰かと完璧に重なってしまったとき、なにかしら交渉の会話をしなければならない。

「あ、先使ってー」

「いやいいよいいよ、先使ってー」

対等に見える譲歩を表明した二人に、毎回なぜ決着がついているのか不思議でならない。両者の間には、どんな力がうごめいているのか。先に充電をすることになったほうは、もう一方よりもなにが優れていると認識しているのか。

いつだったか、親戚の集まりで食事に行った際に、大人たちがお会計を誰が払うかもたもたしている中に母親が参加しているのを姉と二人でぼーっと見ていたことがある。

「うちが払います」

「ええのよ、うちに出させて」

「いいんです前だしてもらったから」

姉はレジの前にあるソファーに座ってわざとらしく貧乏ゆすりをしながら、千尋にだけ聞こえる声で「誰でもいいから早くしてほしいな」と言った。姉は姉なりに大人ぶって目の前の応酬を瑣末なことだとバカにしたが、千尋は絶対に目を離してはいけないと思った。ルールが存在しない場合の決着ほど剝き出しで露骨なものはない。自分だったら。これがお会計じゃなく、もっと大切なものだったら。そんなことを考えるだけで、千尋は体温が冷やっこくなる。

「その発想はなかったなあ」

「授業録音するって、まじで時代じゃない？　時代やわ～」

「時代って。当事者が言うの変じゃない」

透子が操作しているスマホには、透明ケースの中に読めない英語のロゴの水色のステッカーが斜めに挟まっていた。透子が自分の部屋で、ステッカーの傾け具合をああでもないこうでもないと試行錯誤しているのを想像したが、なぜかいけないことをしている気になった。

「エアドロで送ろか」

「いえ〜い」

「ちゃんと録れてるかわからんけど」

香奈美と麻耶は自分のスマホを取り出し、透子のスマホに近づけた。

「きた」

「きた、ありがとう」

「はいー」

千尋は、周囲から見れば四人で話しているような場所にいながら、三人のデータ受け渡し作業をぼんやりと捉えているかのような、なんともいえない曖昧な表情をして座っているしかなかった。ここにいるのが千尋ではなく黒川さんだとしたら、きっと三人は場所を移ったに違いなかった。しかし千尋は、四人で話しているように見られたいと思っている自分にも気づいていた。

透子からは「よかったら、榎並さんもいる？」という言葉は飛んでこない。なのに、ここで黙って座ったままでいると、自分もデータをもらえるかもしれないと期待しているように思われる。今すぐ席を立つべきだとわかっているのに、千尋は動けなかった。

本当は音声が欲しい。いや、音声はいらないから、授業の音声を録音するというアイデアを、まるで自分自身を褒めるときみたいに、透子に「やるやん！」って言いたかった。百歩譲ってそんなに親しげな言い方ができないなら、透子が最初にスマホを振って録音していることを告げたときに、麻耶と同じくらいの声量で「えー！」と言えばよかった。いずれにせよ、全てのタイミングは過ぎ去ってしまっている。透子から音声をもらえる関係性ではないという事実だけが千尋の顔のまわりに充満していて、顔の火照《ほて》りを手助けしていた。

いや、本当の本当は、やっぱり音声が欲しかった。千尋は、さっき心の中で、もしたえちゃんにノートを見せてもらった場合でも三人には見せるつもりはないと思ったことの報いを最短で受けていると感じた。

香奈美は受信したデータを保存したと思われる操作をして、すぐにスマホをポケットにしまった。一方麻耶は、届いた音声を確認するため、スマホの画面を上に向けて本体を横に寝かせ、側面のボタンで音量を下げながら、おしりのスピーカー部分に耳を当てた。

その瞬間、麻耶は驚いて、

「ちょぉおっと！」

と言いながら、スマホを耳から勢いよく離した。

透子は平静を装い、眉を少し寄せながら、

「ちゃんと録れてた？」

と聞いた。

麻耶は声にならない笑いを喉につかえさせて、透子の肩をバンバンと強く叩いた。

「なになに？」

香奈美は、自分も同じ音声を受信したことを忘れたのか、麻耶のスマホに耳を寄せた。「マジで透子さあ〜」と言って、麻耶は再び再生ボタンを押した。

「やば！」

香奈美はリアルな反応より少し早く、透子と麻耶に向けて笑った。ギリギリ違和感のない、しかし音声を聞く前から笑うことを決めていた早さだった。

「あぶな！　『榎並さんもいる？』って言いかけたやん！」

突然名前が呼ばれた千尋は、リアクションの正解が分からず、わずかに首を傾《かし》げて香奈美がいるあたりを向いて曖昧に微笑んだ。

「え、録音してたやつは？」

「してない、充電してただけ」

「なんなん！」

「してないよ、なんで家帰ってまで塚本の声聞かなあかんねん」

「そうやけど」

透子の企みの余韻で、「やば〜」「ほんまに」と言いながら三人は名残惜しそうに解散し、次の授業の音楽室へ向かうため、それぞれ自分が所属する仲良しグループのメンバーと合流していった。

香奈美は一学期の時の席が近かった足立さん。麻耶は同じテニス部仲間数人。

透子は、カテゴリーはわからないけど、そことそこがつるむのわかる、と言いたくなる、同じ香りのする子たち。

まわりの賑やかさが突然失われ、千尋は慌てて机の中に日本史の教科書とノートを押し込み、音楽の教科書を取り出した。

顔を上げると、席に座ったままこちらへ振り返ったたえちゃんとタイミング良く目が合った。たえちゃんは千尋を見て笑うと、教科書とクマのかたちをしたもこもこのペンケースを両腕で抱えて立ち上がり、ゆらゆらと体を揺らしながら近づいてきた。

「音楽室いこ〜」

「いくー」

「いこ〜」

たえちゃんの声は、かわいい。千尋はたえちゃんと話すと、かわいい子ってこういうことを言うんだなと思う。透明感のある声質、高さ、速度。千尋に対する悪意のなさ。たえちゃん今日もかわいいな、と思いながら、先ほどの透子の「かわいないで（笑）」が頭をかすめる。

たえちゃんと並んで教室を出ると、数メートル先で透子が友達数人と連れ立って音楽室へ向かうのが見えた。透子のグループには、香奈美や麻耶よりもいくらか派手な見た目の子もいた。女子校特有の空気か、そういう子は異性ウケとは遠いように見える濃いメイクをしている。千尋もたえちゃんも、まだメイクは覚えていなかった。

「ちいちゃん今日バイト？」

「今日休み。月曜暇やから最近削られれんねん」

「あ、そうなんや」

「そうやねん。たえちゃんは？」

「バイト〜、今日10％引きの日やから忙しそう」

「うわーだるいなあ」

「ほんまに〜」

「な〜」

「あ、そういえばさっき、古川さん達なんか聴いてたん～？」

思わずたえちゃんの方を向いた。けれど胸の前で抱きかかえられたクマだけが千尋を見ており、たえちゃんは変わらず進行方向を向いていた。千尋はできるだけ声のトーンを上げないよう、喉に力を入れて「あー」と言った。

「スマホ？」

「そうそう、なんか盛り上がってたやんね」

千尋は、たえちゃんにどう説明しようか迷った。けれど、さっきの一件を自分がどのように語るか興味は湧いた。たえちゃんに話すことによって、先ほど置かれていた自分の立場がより明確になるのではないかとも。

「なんかさ、古川さんが黒板の横のところでスマホ充電してて、」

「うん」

「それで、『さっきの日本史の授業録音してる』って言ってて」

「えーすごい」

「でもほんまはしてなくて。野中さんと林さんに違う音声を送ってたみたい」

「へーそっか」

「それで、『ちょっと〜』みたいに言ってたんやと思う」

「それなんの音やったん？」

聞こえへんかってん。

そう言うのが正しい気がした。さっきも三人の前で何も聞こえていないリアクションをとった。なにも聞こえなかったと言えば、たえちゃんがまた「そっかー」と言い、それでこの話は終わりだ。なのに、麻耶と香奈美の笑い声と透子の嬉しそうな顔がフラッシュバックした。

千尋は、「なんかエッチな感じの声やったよ（笑）。女の」と言った。動揺していない風を装い、わざと「女の人」ではなく「女」と言い捨てる。千尋は、自分の選んだ語調に満足できた。

「えー嫌やなあ」

軽い口調だったものの、たえちゃんは少しも笑わずそう言い、返事ができずに不自然な間が空いた。そして数秒後には、最近体が日焼けしたように感じる、という話題に移った。

いやーたえちゃんは全然白いよー、と言いながら自分の腕とたえちゃんの腕を並べる。けれど千尋は、差し出した腕を見ていなかった。千尋はたえちゃんの「えー嫌やなあ」に、心底驚いていた。

たえちゃんは、えーそうかなあ、前はもうちょっと白かったんよー、と口を尖らせ、自分の右腕と左腕を交互に見比べている。

日に焼けて黒くなるのが嫌。そしてさっきの話も、嫌だった。拒絶を示した後に少し間を空けたのは、もしかしたら千尋からの同意を待っていたのかも知れない。「なーほんま嫌やんなー」といったような言葉と、眉をひそめて窘《たしな》めるような表情なんかを。

確かにたえちゃんとは、恋愛や性的な話をしたことはなかった。女子校では校内で好きな異性ができることがなく、他の人がどれくらい色事に関心があるのかがわかりづらい。

あんたほんま面食いやなあ。ちょっと待ってあいつまた先輩と付き合ってるやん。良いなー好きな人おって私も好きな人欲しい。ちゃうって仲良いだけやって。よう教室で寝れるよな私は寝顔見られんの無理。男女共学の高校であれば毎日の会話から露呈する友達の性格を、ここではすべて推測することしかできなかった。

その代わり、恋愛や性に積極的な子たちが学校の外から持ち込んできた話は大っぴらに語られる。授業中も休み時間も、異性の前でははばかられるような素直な気持ちが、違うグループにも伝達されるほどのボリュームで、距離で、飛び交っている。

しかし千尋の価値観では、そういう話に照れを感じることはあっても、「嫌」という感情が生まれるのは全くの予想外だった。音声が聞こえなかったと伝えようとしたのもたえちゃんを慮《おもんぱか》ってのことではなく、経験もないのに自分を主語にして話すような口ぶりになるのが恥ずかしかったからだ。

今まで雑談の中で、たえちゃんがこれだけ露骨に嫌悪感を顕《あらわ》にしたことはない。胸の中心に味わったことのない不安が広がり、千尋は戸惑った。

透子の「かわいないで（笑）」と、香奈美の嬉しそうな顔の一セットをたえちゃんは知らない。千尋がたえちゃんの言動に「かわいないで（笑）」と返したことともない。だって、たえちゃんはいつもかわいいから。声も仕草もまとっている空気も全部。かわいいたえちゃんは、香奈美のようにかわいいふりをしている自分をふざけてアピールしないし、もちろんそれを千尋が咎《とが》めることもない。

知る限り、たえちゃんのかわいさには目的がなかった。胸に抱えられたクマは、今は偶然千尋だけを向いている。そのクマのこともかわいいと思っている。でもそれと同時に千尋は、香奈美がトーマとヤッたかどうかが気になっている。透子が麻耶と香奈美に聞かせた音声をどこで手に入れたのか、どうやって保存したのかが気になっている。そう思いながら千尋は、この前買った日焼け止めベタベタになるから嫌やねんなー、と言っていた。無意識のうちに千尋も、「嫌なこと」をひとつ言い返していることには、数時間後、お風呂の中で会話を反芻《はんすう》している時まで気づかなかった。

ぺち、ぺち、と間が抜けたリズムが浴室内に響いている。

湯船の縁へ座り、水面と平行に手のひらで湯を叩く。半身浴が体に良いことは知っているが、千尋は腰しか浸かっていなくてもすぐのぼせてしまうので、こうやって膝より下だけを湯船に入れて上半身を遊ばせている。

湯船の上に出ている太ももと腕を見比べた。気づかないうちにやはり腕の方が日に焼けて黒くなっている。電車通学から自転車通学に切り替えたせいだろう。太ももは日光に晒されることなく理想的な白さを保っていたが、たえちゃんに見せる機会は今のところない。

膝頭にところどころ毛が生えていた。よく見ようと右足をあげて前屈みになると、お腹に小さな段が一つ入った。太っているというほどではないが、中学の頃と比べて肉付きが良くなっている。中学では吹奏楽部でホルンを吹いていた。入学時の部活紹介で先輩から一番難しい楽器だと説明され、同級生みんなが尻込みしたのでなかば空気を読むかたちでホルンを選んだ。難しかったけれど見た目が好きだった。「遠いけど制服のかわいい学校に通っている感じ」と友達に言ったが伝わらなかった。三年間、何も考えずにホルンを吹いた。肺活量向上のための走り込みのおかげで、三年の秋に引退するまで体型を維持できていた。

腕や脛《すね》に生えるのよりも硬く黒々とした毛を、人差し指の腹でなでる。体毛は身体を守るために存在しているが、進化の過程で徐々に失われてきている。百年後の人類にはもう髪や眉毛すらないのかもしれない。

またお腹の段が目に入った。やはりだらしない。食事の後の甘いものを控えないと。と考えた時、「あ」と声が出た。冷蔵庫に入っていたエクレアを思い出した。生地にはチョコレートがたっぷりかかっている。早速あれをスルーしなければいけない。

そして、水分を含んで反響した自分の声に、突然記憶は弾き出される。麻耶のスマホから微《かす》かに漏れ聞こえてきた声。それは今出たみたいに、スタッカートの効いた歯切れの良い「あ」じゃなかった。もっとこう、粘着質な、吐息のような。絞り出すように吐かれた、体の芯から放たれたような。いずれは咆哮に変わると思わせるような。理性の外側の。

千尋はお腹に力が入っているのに気がついた。喉に声が引っかかる感覚がある。

首を後ろに反らせる。天井にいくつもの水滴がついているのが見えた。ゆっくりと目を瞑《つむ》る。鼻から肺に空気を入れ、わずかに口を開いて声を漏らす。その瞬間たえちゃんの「嫌」がよぎり、急に信じられないほど恥ずかしくなって水面を両手でバシャバシャと叩きつけた。


「どこ行くの」

ドライヤーが発する轟音《ごうおん》に混じり、甲高い母の声がキッチンから聞こえる。

洗面台の前で前髪に風を当ててわしゃわしゃと動かす。前髪が目にかかってきた。バイトの給料が入ったら美容室に行こうと思っていたが、二十五日まであと十日もある。今週は映画を観に行く予定があるからこれ以上出費は増やせない。髪の毛を乾かし終えたら、ネットで安い美容室を探そうと思った。

「ちょっと友達のところ〜」

部屋と洗面所を行き来している一つ上の姉・希美《のぞみ》の手には、ＳＮＳで人気があるインフルエンサーの女の子がパッケージになっているカラコンの箱が握られていた。アップで映っている女の子の顔は加工し尽くされ、肌は絵画に近い美しさだった。

「ちょっと友達んとこ行くのにそんな化粧せなあかんか〜」

ねちっこい抑揚をつけて問いかける母を無視し、希美は「ちい、ちょいごめん」と隣に立ったので、千尋は横にずれて一人分のスペースを空けた。

「何時に帰ってくんの〜」

希美は箱の上部を乱暴に開けると、その手つきに引っ張られ、「ちょっと行くだけやって！」と、返事する語気も強くなった。

左手の親指と人差し指で瞼《まぶた》を上下に広げ、右の人差し指に乗せたコンタクトレンズを眼球にくっつける。ドライヤーを冷風に変えて頭を冷やしながら、千尋は鏡越しに姉の武装作業を眺めていた。片目につけ終えて目をパチパチさせる。するとほんの少しだけコンタクトをつけた方の黒目が大きくなり、眼球の水分量が増したように見えた。希美はもう一つのレンズを指にセットした状態で洗面台の端に置いていた千尋のスマホを顎で差し、「何時？」と聞いた。

千尋はスマホの画面を一回タップした。ホーム画面には22時17分と表示されている。

「やっぱ！」

おそらく彼氏と二十二時半に待ち合わせしている。駅のロータリーか公園か。もしくは、「あの自販機の前」みたいな、二人だけがわかる場所。五分前にバイトから帰ってきた希美は制服姿のまま手を洗ったりメイクを直したり忙しそうだった。着替える気配はないので制服のまま出かけるのだろう。メイクを直すくらいならバイト先の更衣室でもできる。ということは、カラコンを入れるためだけに帰ってきたのだろうか。外は暗い。

「それつけたらやっぱ違うん」

ドライヤーを止めて引き出しのブラシを取り出し、さほど興味がないかのような調子で千尋は聞いた。

希美は鏡をまっすぐ見つめ、前髪を整えながら、

「うるうるになる」と言った。

千尋は自分の質問と姉の返答に思わず笑いそうになる。

「うるうる」

になるのはわかってるねんけど。鏡ごしに見ても姉の黒目はうるうるになっている。

そうじゃなくて、「黒目がうるうるになることによって、うるうるになってない時とどう状況が変わるん?」。なんでそんなことを聞こうとしたのだろう。本人はそこまで自覚的に行動していないし、交際経験のない妹からのそんな質問に丁寧に答えるはずがない。なんでカラコン? かわいいからやろ。好きな人と会うのにかわいいほうがいいからやろ。

「よし」

なんとなく、トーマは香奈美がカラコンをしていても気づかなそうだと思った。おめかしした香奈美を見て「かわいいね」くらいは言うかもしれない。アイメイクかわいいね、じゃなくて。その頭の傾け方かわいいね、じゃなくて。香奈美の全体の雰囲気を見て「なんか今日かわいいね」。でも香奈美はそれでいい。それがいいのだ。トーマが掬《すく》い取ってない分は日本史の授業に持ち込み、「かわいないで」に全部を回収してもらう。

「これ持っていく?」

千尋は洗面台の棚を開け、目薬を取って玄関に向かう姉に差し出した。希美は足を止めずに、半身だけ千尋のほうに振り返った。

「なに?」

「追加のうるうる」

希美の人工的に潤んだ目がきゅっと細くなり、同時に笑い声が弾けた。姉の笑い声は短いけれど、気持ちの良い音でパッと咲く。千尋にはそれがいつも「合格!」と聞こえる。これは、一つしか違わない妹の無邪気な行動に、「ウブやなあ」というニュアンスを混ぜた、少し上から目線の反応。わかっていても千尋は嬉しい。姉が喜ぶようにウブを誇張している。

姉は目薬を受け取らず、玄関の壁に掛かった鏡でさっき見たばかりの自分の顔をもう一度確認した。そして踵《かかと》部分を踏み潰した赤茶色のローファーに足を突っ込み、ドアを開けて鼓動に引っ張られるように出ていった。千尋は靴箱の上に、姉の自転車の鍵が置かれたままなのを確認する。歩いていける距離の、と思いかけてすぐに否定する。お迎え。二ケツ。

お箸に刺された卵焼きがたえちゃんの手元で順番を待っている。口の中には白米が入っていて、あと数秒で食べ終わる。たえちゃんのお弁当の卵焼きは千尋のよりも色味が薄く、おそらく牛乳が入っている甘い味付け。

似合う。体内に取り込まれ、やがてたえちゃんの一部になるのにふさわしい卵焼きという感じがする。絨毯《じゅうたん》を広げるときみたいに、卵焼きがたえちゃんの胃の中で転がっていく場面が頭に浮かぶ。絨毯は伸ばしても四隅がちょっとめくれて困るけど、卵焼きはどうだろうか。

昼食はいつも、たえちゃんの机で食べることになっている。初めて一緒にお弁当を食べた時にそうしてから、それが固定になった。特に話したわけではないけれど、千尋の席よりも、窓に近いたえちゃんの席の方が二人に合っているような気がしたし、たえちゃんもそう考えているだろうと思った。

お弁当を持ってたえちゃんの席に行き、一つ前の席の椅子を借りて後ろ向きにする。たえちゃんが歓迎の空気に溢れた笑顔を見せるので、千尋は自分のお弁当を食べるのに、いつも入店させてもらうような気持ちになる。椅子を動かす作業は、千尋の中でのれんをめくる行為に似ていた。拒絶されることはないけれど、一瞬、たえちゃんによるこの机提供は、ありがたい事だと思わなければいけないのではないかと錯覚する。

水滴のついたお弁当箱の蓋は、包んでいた袋の上に置き、たえちゃんの机を汚さないように注意を払う。場所の提供者がどちらであるかで食事をする心持ちが変わることを知ったが、知り合ってからすでに五ヶ月が経過してしまった今、千尋は「私の机で食べよう」とは言えなかったし、それを望んでいるわけではなかった。

クラスメイトが昼食を食べる場所は、食堂と教室に分かれている。天気が良い日は中庭で食べる人もいるが、千尋とたえちゃんはどんな天気でも教室でお弁当を食べる。週に一度、父親が午後出勤の日に母親がお弁当を作るのを休むので、水曜日だけ千尋は通学時にコンビニで買ってきたおにぎりや麺類を食べていた。

二学期になってから徐々に食堂組が増え、教室内が静かになっていくことに千尋はほっとしていた。このままみんなが食堂に行って、教室にたえちゃんと二人きりになれば良いのに。二人なら、たえちゃんだけだったら、極端な集中力は必要なかった。

「映画、面白かった？」

卵焼きの半分を口に含んだたえちゃんが、口元に手を当てながら少し首を傾げた。話す時のたえちゃんの癖だった。

「あー映画」

答える前に、「あー」をつけるのは良くない。そう分かってはいても、どうやって返事をしようか迷っている間に、その時間を埋めるために自然と口をついて出てしまう。

「地元の子と行くって言ってたっけ？」

「うん、吹奏楽部一緒やった子。みのりっていう」

「あ、前も話出てきた、みのり」

「そうそう。私けっこう内容聞いてから観ちゃってさ」

「あーそっかー」

「でも映像はめっちゃキレイやった」

　千尋は、たえちゃんも今週同じ映画を観る予定なのを知っていたから、面白く感じられなかったのは自分のせいという風に聞こえるような感想を選んだ。

　みのりが観たいと言うから付き合っただけで、映画は驚くほど面白くなかった。少女漫画が原作の、よくある爽やかな青春恋愛映画。恋の喜びと切なさを置いた高校生の日常。大人になった主人公が語るそれっぽいモノローグと、突然の別れ。それでも消えない思い。再会。

　全ての場面が予告編を見て想像していた通りの展開で、目にかかる前髪が「これ観るんやったら切ってくれよー」と言っていた。しかし今回はみのりが好きな俳優を観に行くのに同行するという、鑑賞目的がはっきりしていたので、そこまで不満はなかった。帰り道、「あんな演技できるんやな」と褒めてみのりを喜ばせたり、「あの二人実際に付き合ってるとかありそうじゃない？」と意地悪を言ってみのりを絶叫させたりして、それなりに盛り上がって楽しかった。

千尋は主演の男の子の名前を出し、「みのりが好きやねん」と言って、自分も卵焼きを頬張った。一度たえちゃんの卵焼きの味を想像したからか、いつもより数倍塩辛く感じ、白ご飯をすぐに口に入れる。

たえちゃんは水筒のコップにお茶を入れる動きを一瞬止めて、

「かっこいいやんなあ。私もめっちゃ好き」と、ほんの少し高い声で言った。

「この前までドラマ出てて、それも毎週見ててん～」

かっこいい。今たえちゃんはそう言った。売り出し中のイケメン俳優のことを、めっちゃ好きだと言った。この「好き」は、明らかに異性に向けた「好き」だった。

なにも特別なことではない。十代の女の子の、誰にでも見られる反応。そんなことはわかっている。なのに千尋は、納得がいっていない自分にお箸を持つ手を止められている。

「どんな役やったん？」

「なんかねー警察の新人みたいな。あ、刑事かな」

透子が仕掛けた悪ふざけを伝えたとき、たえちゃんは一番シンプルな言葉で拒絶した。千尋は、面白いと思ったのに。たえちゃんは、説明もなしに嫌だと言った。

たえちゃんの言った「好き」は、紛れもなく好意だ。相手に届かなくて、雑味のない距離のある好意。麻耶のスマホから聞こえた声は、好意の一つの到達点だろう。好意は、方向を矢印で示すことができる以上、行方があり、結果がある。だから、いくら他人に見せられない淫らな状態だとしても、それがゴールとして成り立つスタートもある。そのスタートは、たえちゃんの「好き」とはどう違うのか。千尋には全然わからなかった。

たえちゃんの「嫌」をもっと正確に知りたかったし、自分がなぜたえちゃんの「嫌」に固執しているのかも理解したかった。

なんでなん？　面白くない？

授業中のおっさんの声が聞こえてくると思ったら急な好意の到達点やで、めっちゃ面白くない？

教室後方のドアから香奈美と透子が笑いながら入ってくるのを目の端で捉えた。香奈美は食堂で売られている唐揚げ弁当とペットボトルのお茶を持っている。透子は手ぶら。目の前のたえちゃんは、お目当ての俳優以外のキャスティングが豪華だったことを話しながら、今プチトマトを食べた。

グループ違うのに。千尋は真っ先にそう思った。香奈美と麻耶と透子のグループはバラバラで、耳が遠い教師の授業中だけコソコソと大胆な話をする仲であるはずなのに。あの興奮は日常化しないことが前提だと思っていたから、自分がそこに加わっていなくてもなんとか冷静を保てていた。

しっかりとは聞き取れなかったが、香奈美が可愛い子ぶった表情をして、透子が「しつこいねん！　新作おろすな！（笑）」と返し、香奈美がまた嬉しそうに笑った。

千尋の憶測では、二人はそれぞれのグループの子と合流する途中、廊下でばったりと出くわした。そして教室の中に入る前に、トーマに会ったときに繰り出そうとしている猫なで声を透子に聞かせ、透子が何度か「かわいないで」を重ねた後、痺《しび》れを切らしたように先ほどのセリフを発動させた。

香奈美はきっと、気づかないうちに透子の「かわいないで」の中毒になっている。透子に「かわいないで」と言ってもらえればもらえるほど、香奈美は反対言葉に変容させた同性からの許可をもらった人間として、安心してかわいさに向かっていくことができる。そして裏を返せば、透子も他人を安心させているという満足感がある。「ほんまに可愛くないとは思ってないで」という本心が、その返答の中に詰まっている。

「面白そう」

そう発した瞬間、千尋はちぐはぐの返答をしてしまったと気づいた。たえちゃんは「面白いとかではないよー主題歌は」と笑った。話を聞いていなかったこちら側に申し訳なさを感じさせる絶妙な言い方で、母親に叱られる時のように「話聞いてる？」と言われる方がまだ良いような気もした。

「間違えた！」

「間違えてた〜」

ドラマの話題はそれきりで、たえちゃんはスマホを取り出して静かに操作していた。

予想した通り、香奈美と透子は教室に入って早々に別れ、香奈美は足立さんの席へ向かった。教室の前のドアから、透子のグループの子達四人が入ってきて、その中の一人、吉田真智が透子に気づき、「どこ行ってたん。食堂かと思って見に行ったのに」と声をかけた。

「ごめん、ウンコするん恥ずいから三階のトイレ行ってた」

「なにそれ」

「恥ずいやん」

恥ずかしい行いを報告することは恥ずかしくないのかと、千尋は透子の話しぶりを羨ましく思った。千尋がたえちゃんをトイレに誘う時は尿意を催したときだけで、便意を他者に打ち明けたことはない。

透子のグループは、食堂で昼食をとることが多い。たまに教室で食べる場合は、グループの中の二人、吉田真智と近藤ひかるの席が隣接しているので、その二つの机を囲って座っていた。しかし今日は、近藤ひかるの席には先客がいた。

「あ」

透子たちに気づいたその二人は、慌ててお箸を置いた。

「あ、ごめん、食堂行ったんかと思って、移動するな、ごめん」

「ごめんなー」

吹奏楽部に入っているおとなしい二人だった。一人が近藤ひかるの後ろの席で机にお弁当を広げ、もう一人が近藤ひかるの椅子に座っている。しかし千尋のように椅子を後ろ向きにせず、前に向けたままの椅子に横向きで座り、体を後ろにひねってお弁当を食べていた。

「あーいいよいいよ、うちら透子の席行くから、使ってて」

「大丈夫大丈夫、自分の席行くから、ごめん、食堂かと思って、ごめんごめん」

始まった、と思った。この譲り合いにはなにかの力が働き、その末に決着する。千尋は耳をふさぎたいのに、体はこれまでになくやり取りに集中している。

「ほんまに大丈夫やで」

近藤ひかるは二人を制するように透子の席へ歩き出していたが、同時に二人も「ごめん」を繰り返してお弁当の袋を両手で持ち上げている。

千尋は、近藤ひかるの「あ」を聞き逃していなかった。自分の席に座ることを許可するなら、二人を見た時点でそのまま何も言わずに透子の席に向かえばよかった。なのに、「あ」と漏らして存在を気づかせ、申し訳なさを持たせた状態を作ってから、改めて許諾する。やさしい私、を他人にも自分にも植え付ける。

近藤ひかるが他人を許し、自分を好きになる時間。そんなものに巻き込まれるなんて。千尋は部活に入っていなかったが、中学では吹奏楽部だった。二人に自分を重ねる。属性、なんていう気分の悪い言葉がよぎってしまう。

この場合、自分の発した主張が通ったほうに軍配が上がったことになるのだろうか。食事をしている途中に別の席に移動するなんて絶対に億劫《おっくう》なはずだが、どっちにしろ他人に気を遣わせたことを気にしながら食事を続けるのも、二人は気分が良くないだろう。

千尋は瞬間的に、透子だ、と察した。きっと透子の次の言葉で全体の動きが決まる。透子が近藤ひかるの後に続けば、吹奏楽部の二人は手に持ったお弁当を机に戻し、「ありがとう」と感謝を述べて昼食を続ける。

透子が口を開いた。しかし思っていたよりもずっと低い声で、

「違うとこで食べた方がいいで」と冷たく二人に言い放った。

その場にいた全員が、透子の顔を覗いた。

「え?」

透子はさらに眉をひそめ、半端な体勢になった二人を睨んでいる。

「なんでなんっ」

緊張感の走った場をとりあえずならすために、吉田真智がわざとらしく声を張って窘める。すると透子は表情を崩し、

「ひかるの席、めっちゃ汚いねん。ごはん食べるようなとこちゃう」

と言った。

それを聞いた二人は、心から安心したように笑った。グループの他の三人も笑いを含んだ声で「汚い」「たしかに汚い」と口々に続ける。

透子は二人に「ごめんな、先に言わずに」と顔の前で手を合わせた。

「おい！　いつも使わしたってるやろ」

「私らは特殊な訓練受けてるからいけるねんけどな」

近藤ひかるが踵《きびす》を返し、持っていたお弁当箱で透子の背中を叩く。

「早く早く、別の席に逃げて」

救助隊員のようなジェスチャーをして二人を席から離し、透子は腹を決めたようなわざとらしい表情で近藤ひかるの席に座る。あとはもう、まわりが透子に続くだけだった。

なんていう技だろう。千尋は透子独自の鮮やかな解決劇に放心していた。

人ひとり分しか通れない狭い道の入り口で、他人と道にはいるタイミングが重なったとき、相手に道を譲るよりも先に行くのが本当の優しさだと聞く。両者が譲り合ってしまうと、決定づける要素が不確定なので結果が出るまで時間がかかり、結果お互いのロスになる。

けれどこの場合、席の所有者と使用者という、置かれた立場が違っていたので、お互いに譲らないでいること、つまり相手の譲りを受け入れてあげるのはなかなか難しいだろうと思った。相手に譲った方が動くという構図であるために、より譲りたい欲が増す場面でもある。

しかし冷静に側から見て、近藤ひかるの方が優勢であるように見えた。そこへ、近藤ひかる側の透子が、彼女にしかできない方法で、いとも簡単に決着をつけた。それも二人を悪者にすることなく。そして、近藤ひかるを少しだけ不快にさせて。

もしかしたら。

確証は持てない。でももしかしたら、透子も近藤ひかるの「あ」に引っ掛かったのではないか。あるいは、日頃から近藤ひかるのそういった自己愛の構築方法に思うところがあり、なにかの機会に窘めてやりたいと、無意識に考えていたのではないだろうか。

どちらにしても、透子は到達している、と千尋は感じる。天性のコミュニケーション能力では説明できない、経験や、大げさに言えば度胸といったものに裏付けされた、生きていく上で重大な何か、千尋には足りていない何か、にすでに到達していると思わざるを得なかった。

近藤ひかるが肩にかかった髪を両手で束ね、「誰かゴム持ってない？」と、まわりに聞いた。

「ゴム？　どっちの？」吉田真智がわざとらしいすまし顔で聞き返す。

「あほか」

「決まってるやん、なあ」透子が、完璧なタイミングで口を挟む。

「うん」

「そらもちろん、より伸びる方やんな」

全員が考えを巡らせた一瞬の沈黙のあと、爆笑が起こり、「それどっちやねん！」と、近藤ひかるが自分の手柄のように大声を出す。

いつの間にか食べ終えていたたえちゃんが、カバンから携帯用歯ブラシを取り出し、「磨いてくる〜」と立ち上がってトイレに向かった。あれ、いつもみたいに誘われなかったな、と思いつつ視線を落とすと、半分も減ってないお弁当に驚いた。急いで冷たいかたまりになった白米をペットボトルのお茶で無理やり流し込む。

お客さんが帰った後の鉄板のまわり、ソースと油でギトギトになったカウンターのテーブルを、濡れたダスターとアルコールスプレーで念入りに拭く。青ネギや紅生姜、短い焼きそばの麺がところどころ散らばっている。使い終わったお皿を重ね、その上に汚れた割り箸や箸袋をまとめていく。

近藤ひかるの机のことを考える。汚い机。きっとその場で咄嗟についた出まかせだろうが、透子はどういう種類の汚れのイメージであのように言ったのだろうか。

「榎並さんってさ」

客がいなくなった閉店後の店内で、カウンターを挟んだ厨房の中から声がして顔を上げる。

「あ、はい」

「たまになんか真剣な顔してるよな」

手洗いした調理器具を、テンポ良く水切り用のラックに重ねている。顔をこちらに向け、手元は見ていない。

千尋の四つ上、大学二年生の平山さんだった。高校生の時からこの鉄板焼き屋で働いているらしく、バイトの中では一番の古株だったが、リーダーシップを発揮するようなタイプではなく、のらりくらりとマイペースに働いていた。休みの日はもっぱらパチンコに行っているらしく、その戦績をよく店の大将と話している。どのバイトの子たちとも分け隔てなく話しているが、千尋のように自分から積極的には話さないタイプの方が世話焼き心をくすぐられるようだった。

「真剣な顔?」

「こう、眉間にしわ寄せて」と、平山さんは極端に怖い顔を作って見せた。

「そんな顔してますか?」

千尋は、真似されたのと同じように、眉間に力を入れてみる。

「あー」

顔の筋肉の動かし方に身に覚えがあった。確かによくやる、すごくやってる、と千尋は恥ずかしくなる。

「俺もパチンコで渋い時そんな顔してるわ」

ロクな場面ではないとは分かりながらも、渋い時、という使ったことのない表現に、どちらかといえば幼い顔をしている平山さんの、大人の領域を感じる。

「聞いてる時ですかね」

「聞いてる時?」

作業の手を止めていたことに気づき、重ねたお皿とお箸を厨房に運んでいく。

「会話」

「会話? お客さんの?」

「はい。何組かがそれぞれ喋ってて。そこに鉄板の焼く音も聞こえてて。その中の一組の会話だけ、頭に入ってくる時があって、その時になんか集中しちゃうんです」

厨房に入り、平山さんが立っているシンクの中にお皿を重ねる。足元のゴミ箱に、割り箸と箸袋をまとめて捨てる。平山さんが腕につけている防水のG-SHOCKの文字盤に「21:02」と表示されているのが見えた。

「あれ、そういうのって、何て言うんやっけ」

平山さんは水道の蛇口を閉め、エプロンで水に濡れた手を拭いた。

「そういうの？」

エプロンの前ポケットに入れたスマホを出し、平山さんはしばらく検索している様子だったが、急に「あ、カクテルパーティー効果や」と言った。

「何ですか？」

「カクテルパーティー効果。これ」

平山さんはスマホ画面を指さして、千尋の方に向けた。手を拭ききれなかったのか、画面には少し水滴がついている。

「カクテルパーティー効果」

「まわりでいろんな音が鳴ってても、自分に必要な声を聞き取るように脳がチューニングする、みたいなやつ」

「へーすごい」

「海外でできたこういう言葉って、わかりやすいけどほんまにあるあるなんか？とは思うよな。カクテルパーティーって」

千尋は、教室の中にいるクラスメイトがカクテルを持っているところを容易に想像できた。学習机はたちまち丸テーブルに変わり、そこには白いクロスがかけられている。遠くのテーブルで、誰かが千尋の興味をそそる話をしている。

「でも確かにこれです。学校でもなってる時あります」

「どういう話を選んでるん？」

「どういう、っていうか」

「金の話か」

「ち、違いますよ」

裏口のドアが開き、タバコを吸い終えた大将が店に戻ってきて、「なんや、今日早いな」と、平山さんが洗い物をしているシンクを覗き込んだ。

「タバコ忘れたんですよ、最悪や。大将一本くださいよ」

「何でやらなあかんねん。こんな早くなるんやったらいつも忘れてこい」

「なんでなん」

「千尋ちゃん二十一時やわ。ありがとう」

「ありがとうございます」

大将は、ゴミ捨てや床の掃除を残した状態でバイトを上がらせる。本当は高校生でも二十二時までは働けるけどな、と思う。千尋は、大将が高校生は二十一時までしか働けないと思っているのだろうと考えていたが、他のバイトの人達は、少しでも人件費を削減したいのだろう、と推測していた。老舗の鉄板焼き屋で、お客さんは地元の常連さんがメインである。味は確かだが、飲食店経営というのも高校生にはわからない難しさがあるのかもしれない。そしてそんな事を一バイトの千尋に心配されている大将も、かわいそうだなと思った。

着替えを終えて裏口を出ると、結局店長にタバコをもらったらしい平山さんが、ゴミ捨て場の前でスマホを触っていた。

「お疲れ様です」

口からタバコを離し、平山さんは嬉しそうにタバコを挟んだ指を上げた。

「くれた」

「よかったですね」

依存するものなんて一つでもない方がいいに決まっている。でもこれだけ屈託のない笑顔を年下の千尋に無防備に見せることができるのはすごい。それほどタバコには、愛する価値があるということだろう。喫煙者にだけタバコ休憩があるのは納得いかないが、今日は平山さんにそれがなかった分、千尋への口数は多かった。

「今日暇やったな」

「暇でしたね」

「榎並ちゃん、歩き?」

「はい」

「送ろか」

「え」

突然の申し出よりも、その前の「榎並ちゃん」が気になった。ほんの十分前まで「榎並さん」と言っていたような気がするが、店外で会話するにあたって、仕事を終えた空気を演出しようとしたが、大将のように下の名前で呼ぶのは行き過ぎだと思ったのだろうか。

「大将、お疲れしたー」

扉の外から店内に声をかけ、口にタバコをくわえたまま、平山さんはゴミ捨て場のすぐ横に停めてある自転車の前カゴに丸めたエプロンを入れ、後輪の鍵を開けた。

カチャン、という鍵の開く音と同時に、空気に重圧がかかったような気がした。状況をつかめずに戸惑いながら、千尋は断るのも違うような気がして、平山さんの隣に並んで歩き出す。

「いつも大通りまで出る?」

「あ、はい」

「そこまで暗いよな」

きっと千尋が着替えている間に、大将に「危ないから送ったって」と言われたのだろう。

それでも、いつもは一人で歩く道をこうして二人で並んで歩いていると、平山さんがバイト先の先輩ではなく、「平山さん」という個人として新たに現れたような錯覚に陥る。

四つ上。大学生。パチンコが好き。タバコを吸う。特に実のある話はしないが、退屈な人だという印象もない。

いやでも。勝手にあれこれ緊張して身を強張らせても、取り越し苦労かもしれない。ただの、何も起こらない帰り道かもしれない。

トーマといる時の香奈美も、こんなに息が浅くなるのだろうか。いや、もっと平然としている気がする。そもそもトーマと香奈美は付き合っているのだろうか。千尋が聞き逃していたのか、それとも香奈美が意図的にそのあたりを省いて話していたのか、今この状況に役立ちそうなことは何も聞けていなかったことに気がつく。なんのための聞き耳、けれど太陽を消してほしいと所望するようなことは、余裕を持っていないとできない。というか「太陽消して」って何。何でそんな言葉が出せるのか。

「何笑ってんの？」

千尋の顔を見て平山が嬉しそうにしたので、なぜか直感的に、その喜び数値を下げなければ、と焦った。

「すいません、ちょっと思い出して」

「思い出し笑い」

空には、あと三日ほどで満月だろうという、左上がぼんやり欠けた月が出ていた。うっかり「綺麗ですね」と言えなくもない、でもスルーしようと思えばスルーできる、心の持ちようで見方が変わる危うい月だった。

平山さんは、バイト中よりも口数は少なくなっている。それはタバコを吸い終えてしまったからなのか、それ以外にも理由があるのか、千尋は判断できない。

「脳内うるさいタイプやろ？」

「え？」

「いや、わりとおとなしい子って、脳内でいっぱい喋ってるんやろうなって。榎並ちゃんは特に。ぼーっとしてる感じじゃないし」

「あ、ああ」

「そういう子って、何考えてるのか気になるねんな」

千尋は、何を考えているか気になる、の発言の意図が気になっている。

「あ、あの。月って、要らないですよね」

黙って歩いておけばそのうち大通りに着く。当たり障りのない相槌を打って、

「明日シフト入ってますか？」みたいなことを聞いて、「お疲れさまでした、ありがとうございました」で別れる。そうすれば恥をかかなくて済む。けれど香奈美の「太陽消して」が頭から離れない。透子の「かわいないで」が記憶から反響してくる。

「なんでなん？」

平山さんは声の調子を上げて、面白がるようなトーンで千尋の顔を見た。

「あってもええやん」

「いや、なんか、月があると夜が夜すぎるっていうか、夜をやってます感が強くなるというか」

「どういうこと？（笑）」

どういうこと？　と千尋は自分に問いかける。

さすがに無理がある。太陽みたいに、月を消してほしい理由が全く見当たらない。月は何もしてこない。

「俺は夜好きやけどなあ」

意識してるのかしていないのか、平山さんはどんどん空気に重みを足してくる。

千尋はいよいよ呼吸の仕方がわからなくなってきた。

「全員が等しく暗い中にいると思ったら、なんか良くない？」

平山さんのズボンに入ったスマホが通知で光ったが、平山さんは取り出さなかった。

急に、車の通る音が耳に飛び込んできて、前方にオレンジ色の街灯を認識する。大通りに出るひとつ前の路地で、平山さんは自転車を押す手を止め、左にハンドルを向けた。

「じゃあ気つけてな。俺こっち」

「はい、ありがとうございました」

肺に突然空気が戻り、その代わりに少しお腹のあたりがキリキリした。

「明日も入ってる？」

「明日は休みやったと思います」

「休みか」

残念そうに聞こえなくもない抑揚と、変わらない表情。

平山さんが曲がろうとしている左の角に、自動販売機があるのが目に入った。

姉がここで待ち合わせをした可能性を考える。

「あ」

「ん？」

今初めて認識したばかりの自動販売機のライトが、ひときわ明るく感じる。月と同じで、こいつも夜をやっている。

「あの、今日カラコンしてるんですけど、わかりますか?」

「え、そうなん?」

「はい」

平山さんは角に自転車を停めて、「ちょっとこの前来て」と千尋を自動販売機の前に移動させて、目線の高さに合わせて腰を曲げ、顔を近づけた。

近い。目の色が少しブラウンがかっていることがわかる距離で平山さんの顔を受け止め、千尋は喉の空気を止める。口の周りに少しひげが生えている。

「あー言われてみれば。でもめっちゃ自然」

「本当ですか」

「でも意外やな、カラコンとかやらなそうやのに」

やらないですよ。やってないです。メイクを始めるならファンデーションからだと思っている。

平山さんは、まだ目の中を覗いている。千尋は視線に耐えられなくなり、下を向いた。平山さんの淡い色のジーンズが目に入った。

パッケージに書いてあった「自然に見える」は謳い文句として間違っている。姉は気づいてほしいはずだ。気づいてほしくてカラコンをつけて出かけていく。気づいた彼氏に「いつもよりかわいい」と言ってほしい。姉は友達からの「かわいないで」は要らない。なのに「自然に見える」を手に取るのはなぜか。

「でもつけんでも、かわいいと思うよ」

言い終わってすぐ、「目」とつけ加えて笑った平山さんは、停めていた自転車のスタンドを外し、「おつかれ」と言って、馴染みのない路地の向こうへ漕いで行った。

「だから、つけてないです」

強張った体の力を抜くと、しつこい月が夜に居座っていた。

「こっち見んな」と呟く。

どうやら香奈美に、トーマとは別に良い感じの人ができたらしい、と知ったのは、金曜日の四時間目、国語の田島の授業中だった。田島は生徒の私語に厳しく、吊るしあげるような怒り方をするので、日本史の授業のように会話はできない。麻耶と透子は、香奈美からの報告LINEに対して、驚いた顔を向けたり手で覆ったりするジェスチャーで反応した後、机の下で返信を打っていた。千尋が右目の端で、香奈美のスマホ画面を確認すると、三人のグループLINE画面に、「宮くん」という文字が見えた。

しかし千尋は、授業はもとより、三人のやり取りにも意識は完璧にはいかず、朝からずっと昨晩の平山さんの言葉を思い出していた。

異性から面と向かって「かわいい」と言われた経験はない。顔でも目でも言動でも、あんなにまっすぐな「かわいい」をもらうことは初めてだった。でも客観的に見れば、目を覗くように促してきた年下の女の子への気遣いと取れなくもない。

千尋は、最後に他人からその言葉をもらったのはいつだったかと考えた。

それは、たえちゃんにあのシャーペンをあげたときだった。受け取ったたえちゃんは何度も「かわいい〜」と言って、ペンの頭部分についた猫を人差し指の腹で撫でた。千尋は、ペンの先の猫より、それを撫でるたえちゃんの方がかわいいと思ったのを思い出す。

たえちゃんを見る。右手には千尋があげたシャーペンではなく、薄茶色のように見えるペンが握られていた。おそらく、ペンケースと同じクマのキャラクターのもので、たえちゃんはあのクマが好きな女の子としてどんどん確立していく気がした。

ここから、平山さんの「かわいい」から、なにかが進むのだろうか。またバイト終わりに並んで歩いて、連絡を取り合うようになって、好きになって、彼氏になって。そうしているうちに、千尋の肉体と精神はどんどん目的を持ったかわいさに向かうのだろうか。たえちゃんがひとつずつ、クマを増やしていくみたいに。

千尋は机の下で、バイト先のグループＬＩＮＥの画面を開き、やり取りを下にスクロールした。

《明日バイト代われる人いませんか？》
《来週1週間お休みいただきます》
業務連絡の間に、みんなが片手間に押したであろう、「了解」「すいません」などのスタンプが挟まっている。平山さんは基本的にシフトに入っていることが多かったので、あまり会話には参加していなかった。
画面上部のグループ参加人数が表示されている数字部分をタップする。横に並んだアイコンの中で、平山さんのアイコンを押すと、どこにでもあるような夜道にぽつりと一つ街灯の明かりがついているホーム画面が出てきた。
夜が好きというのは、あながち嘘ではなさそうだった。そのままアイコン部分を拡大する。タバコをくわえ、不意によばれて振り返ったような顔をしているのは、平山さんではなく、海外の見知らぬ俳優のような男の人だった。
プロフィール画面の左下に表示されている「追加」のボタンを見つめる。平山さんと個人ＬＩＮＥをしたことはなく、昨日別れた後も連絡はなかった。過去に摂取した漫画やドラマで恋愛の順序は分かっても、実際のテンポは教えてくれない。やきもきするやり取りが続いた結果、これは恋愛ではありませんでした、という場合のストーリーも見せてくれない。

麻耶が小さく「うわ」と言った。また香奈美のスマホ画面に目がいく。香奈美は、宮川という人とのＬＩＮＥのスクリーンショットを、三人のグループＬＩＮＥに貼り付けていた。内容までは読めなかったが、ピンク色のハートの絵文字がたくさん使われていた。

「もうセフレやん」

「ちがうもん～」

「そっち向かってるやん」

男女のやり取りには、向かう方向がある。香奈美は新しく築いた関係を、わかりやすい到達点へと向かわせているようだった。トーマとはきっと、香奈美が設定した到達点を迎えたから、それで終わった。

たえちゃんが小袋に入った鮭のふりかけを白米にかけているのを眺めながら、

千尋は平山さんのことをどういう風に話そうかと悩んでいた。

なんかさ、バイト先の人と良い感じになってんやん。

頭の中で言葉にしたら、途端に恥ずかしくなった。良い感じと思っているのか。

一度バイト終わりに一緒に帰っただけで。

いや、まだわからんねんけどな。全然わからんねんけど。これどうなんかなっていうことがあって。

「あ、ちいちゃん」

「ん?」

うすいピンク色に染まったごはんに箸を入れながら、たえちゃんは「映画観てきたよー」と、視線を落としたまま言った。

「あ、あー。どうやった?」

「よかったーかっこよかったー」

好きな俳優の男の子を目当てに観に行ったのだから、ビジュアルに関する感想を述べたのは問題なかったが、最初にさらりと言った「よかった」が気になった。

千尋があまり楽しめなかったのを伝えていたからか、それ以上熱を込めて話すことはなかったが、映画自体も悪くなかったということをたえちゃんはしっかりと主張していた。

「なー」

かっこよかった、に対してだけの返事に聞こえるように、千尋は曖昧に同意する。一般的に見ればかっこいい俳優に対して、かっこよかった、という感想は間違っていない。

ただ、劇中に出てくるその俳優のセリフは興醒めするほどキザなものが多く、何度も「かっこよくないで」と思った。しかし千尋はスクリーンの外側にいて、透子が香奈美に言った「かわいないで」のように、彼に愛情を持った言葉をかけるべき人間ではなかった。

たえちゃんが黙ってごはんを頬張ったことで、わずかな沈黙に気づき、あれ、次しゃべるの自分の番やっけ？　と千尋は一瞬わからなくなった。咄嗟に映画のシーンを思い返してみるが、気の利いた言葉は出てこない。

面白くなかったけど、あのキスシーンだけちょっとエロかったよなー。

本当の感想を言ったら、たえちゃんは嫌な顔をするかもしれない。自分が面白いと思ったものを面白くないと言われたら誰だって気分が悪い。でも、それならたえちゃんだって。

透子の音声がよぎる。

キスシーンは楽しみにしていた？

それ以上のシーンがあると思った？

どう思った？

どういう理由で？

平山さんの「脳内うるさいタイプ」という言葉が蘇《よみがえ》り、それぞれの意識が流れ出して合流してくる。

たえちゃん、私もしかしたら、これからキスとかするかも。リップとか買いに行った方がいいんかな。月消してもらったら、それはさすがにバカにしてほしいねんけど、お願いできる？

「でもちいちゃんとは好み違うもんねー」

あれ。なんで。私、「なー」って同意したやんな?

違和感を覚えたが、意識がいっていなかっただけで、その後になにか別の会話をしたのかもしれない。

話したいことは一つも口から出てこず、「そうかー」と、なんの意味もない声だけの返事をしている。そしてまた、たえちゃんの箸が動くのを見る。


「お姉ちゃんは?」

食卓に残された一人分の晩ごはんにラップをかけ、母親は「知らん〜」と言って首を振った。

バイト終わりにそのまま連絡もなく遊びに行くことが増えた姉への母の対応を、千尋はリビングの椅子から慎重に観察している。

「彼氏かな」

「彼氏でもなんでもええけど、ごはんいらんねやったら言うときやほんま」

母親の冷蔵庫を開ける手つきで、そこまでは怒っていないと判断する。

中学生の頃の門限は二十時だった。友達の中でも比較的遅い方だったが、千尋はみんなの門限が十九時だったのでそれに合わせて帰っていた。門限がなかったらなぁ、と姉はしょっちゅう漏らしていたが、千尋は一度もそう思ったことはなかった。

門限という制度はなくなった、と最近の母親と姉を見て思う。あの時、門限いっぱいに遊ぶような友達はいなかったけど、制度自体がなくなった今、有休を消化しないで会社を辞めたような感じかな、と、千尋はある程度のもったいなさを感じていた。

姉が帰ってきたら、母親は連絡をしなかったことを咎め、それに姉が適当に返事をして終わる。二十四時を過ぎていたらおそらくもう少し怒る。この変化は今後の千尋にとっても好都合だった。

テーブルの上に置いたスマホのバイブが震え、ＬＩＮＥの通知画面が見えた。この時間に連絡してくるのは、みのりくらいしかいない。他のあらゆるグループ

ＬＩＮＥの通知は、きりがないのでオフにしていた。

画面をタップすると、ＬＩＮＥは平山さんからだった。千尋は驚いて、反射的に母親から見えないようにスマホを持ち上げる。

動悸がしたまま十秒ほど、既読をつけずに画面を見つめる。

そこには、《お疲れさま》という一言が表示されていた。

呼吸をととのえ、《お疲れ様です》と返信する。すぐに既読がついた。

《急でごめん、もしよかったら明日、シフト代わってほしいんやけど、いいかな？》

見えないなにかが急に萎《しぼ》んだような気がしたが、千尋はバイトのグループＬＩＮＥのページを開いて、それまでのやり取りを確認した。

まだ、こっちでは聞いていない。

千尋に個別で聞いてきたということは、以前よりも親密さを感じている可能性がある。時間的に、今はちょうどバイトが終わって帰っている頃だろう。もしかしたら、この間千尋と帰った道を一人で通りながら、平山さんがこのＬＩＮＥを打っているかもしれない。千尋は自分の想像に驚くほど心が躍った。

再び平山さんとのトーク画面に戻り、《大丈夫です》と打ち込む。

《まじ！　ありがとう！》に続いて、頭を下げている人のスタンプが送られてくる。

千尋も、笑顔マークの「了解です」のスタンプを返した。

《今度タバコ奢るな～》

《いらないです！笑》

冗談でも、今度、という言葉に気持ちが弾む。

平山さんの代わりに入るバイトは、普段とはどこか違って感じた。いつもは飛び込んでくる客同士の会話も耳をかすめていく雑音でしかなく、平山さんに直接代わりを任された者としての喜びが、勤務中ずっと体のまわりに張り付いていた。

客の引きが早く、二十時には店内に誰もいなくなった。日曜日には出勤したことがなく、もう少し忙しいかと予想していたので、得をした気になる。

「まだ来るかいな」

玄関を開けて、大将が店内から表の通りを覗く。

「閉めましょ閉めましょ」

大学三年生の成田さんが、客席に腰掛けてエプロンを外した。成田さんは最近就活を始めたようで、先週金色だった髪を暗くしてきたが、完璧な黒ではなかった。いつも早く帰りたそうにしていて、洗い物の手つきも荒かった。

「おい、エプロン取るの早いぞ」

「もういいですやん」

早めに店を閉めたとしても二十一時までは働かせてほしいと思い、千尋は焼酎の瓶が並んでいる棚の隙間をダスターで掃除し始めた。

「人すごかったやろうな、平山くん」

「平山?」

「USJ、なんか彼女と喧嘩して急遽お詫びに連れてったらしいで」

「だっさ。日曜のUSJとかアホやん。俺絶対嫌やわ」

千尋は、目の前の焼酎の文字を読んでいた。力強く筆で書かれた太い文字を、自分の気持ちの揺らぎを食い止めてもらうかのように、じっと見つめていた。たった二文字でも酒の荒々しさがこちらへ伝わってくる。千尋は平山さんの言葉を読み解けなかった。

なんの予定か聞かなかった間抜けさも、声をかけやすかっただけの都合の良さも、全部が今まで通りの自分で笑いそうになる。

ノートを見せてとお願いしてきた香奈美の顔を思い出す。その表情が平山さんに重なっていく。

ちょろかった。黒川さんよりも。成田さんよりも。

平山さんが、今後シフトを代わってもらいやすくしただけの、あの帰り道。あそこを今日も通らなければいけないなんて信じられなかった。できるだけ遠回りして、今日は母親の機嫌が損なわれればいいと思った。

たえちゃんは朝から体調が悪そうで、千尋がおはようと挨拶したのに対して曖味に返事をしたのみで、休み時間には机に突っ伏していた。

何度か保健室に行くように促してはみたものの、しばらくしたら良くなるから大丈夫、と言って取り合わなかった。

香奈美が寝ているからか、今日の日本史の授業は麻耶も透子も真面目に授業を受けていたので、三人での会話はなかった。香奈美は毎週どんな日曜日を過ごしているのか。千尋とは違い、睡眠が足りなくなるようなことがあったことしかわからない。平山さんもきっと、大学のキャンパスのどこかで居眠りをしているのだろうと思ってしまうことを止められなかった。

三時間目の休み時間は、気がつくとたえちゃんは席からいなくなっていて、授業が始まるギリギリに、朝よりスッキリしたように見える顔で戻ってきた。トイレで出すものは出せたのかもしれない。そう思っていた千尋は呑気だった。

昼休み、チャイムが鳴って早々にトイレへ立ち、戻ってくるとたえちゃんはたえちゃんの席にいなかった。たえちゃんは、吹奏楽部の二人と、三人で席を囲んでいた。二人が千尋の様子を窺いながらも、気まずそうに目を合わせないようにしているのがわかった。

かっと顔が赤くなる。慌てて自分の席に戻り、カバンから財布を抜き取った。教室を出ようとしたとき、吹奏楽部の二人のどちらかが「いいの？」というのが聞こえた。

「私とおっても面白くなさそうやから」

突き放すようなその一言は、いつもみたいに甘くて、とてもかわいい声だった。


二十時半すぎ、なじみのない駅のコンビニの前で、千尋は店の中を覗いて、透子の姿を確認していた。

店内に入り、レジにいる透子をちらりと見る。透子は接客をしながら顔を上げずに「いらっしゃいませー」と機械的に言い、千尋には気づいていない様子だった。

物色しているふりをしながら店内を一周した後、パックの飲み物が並んでいる陳列棚の前で止まる。悩んだ末に、円柱形のカフェオレを二つ取ってレジに並んだ。

前の客がスマホを読み込みリーダーにかざしてタッチ決済している間に、透子は千尋に気づき、「あれ」と言った。

「ありがとうございました。榎並さん?」

前の客の体がまだレジ前にある状態で、透子は声をかけた。

「あ、ごめん古川さん」

「家このへん? じゃないやんな」

「ちょっと話があって。バイト終わるの待っててもいいかな?」

透子は一瞬意外そうな表情で千尋の目を見た。

「いいけど、二十二時までちょっと時間あるけどいい?」

「全然大丈夫、ごめん」

大将をあれだけバカにしていたのに、二十一時までだと思い込んでいたのが恥ずかしかったが、それを想定していたと思われるような表情をつくった。

透子は、レジカウンターに置いたカフェオレを見て、

「それ、もしかしたら私の分？」と聞いた。

「あ、うん」

「そしたら、微糖に変えてもいい？」

少し肩を上げて、くだけた表情で陳列棚を指差した。

千尋は急いで取り替えに行き、微糖のカフェオレをカウンターに置いた。透子は素早くバーコードを読み込むと、いつの間にか取り出していた自分のスマホで素早く決済をした。

「え」

「いいよ。ごめんじゃあ裏口で待っといて」

カフェオレの一つを取り、透子は「こっちは冷やしとく」と言って、にこりと笑った。

二十二時三分に裏口から出てきた透子は、太めのジーンズに大きいサイズのロンTにリュックというラフな格好をしていた。千尋は私服だと気づかれないかもしれないと思い、制服のまま来てしまったことを後悔した。

「ごめん遅くなって」

「ううん、こちらこそごめん」

手に持っていたカフェオレにストローを差し、美味しそうに飲んで「ふ〜〜〜」と息をつく。少しだけ、タバコを吸う平山さんに似ていた。

「レジ疲れるやんな」

「楽な方ではあると思うけど。客がうっとうしいな」

「そっか」

「バイト先、誰から聞いたん？」

適当な名前を言おうとしたが、すぐにバレる気がして、

「ごめん、会話とか、ちょくちょく聞いてて、ごめん、盗み聞きするつもりはなかってんけど」

「ああ」

嫌がられるかもと思ったが、透子は意外にも「確かにうちら声でかいもんな」と、からりとした言い方で納得してくれた。

「んで?」

ストローに口をつけたまま、イタズラっぽく千尋の言葉を待つ透子に、「んで……」と尻込む。

「あの、ほんまに、どうでもいい話やねんけど」

そう前置きしたのに対して、「どうでもいい話でここまで来てることが面白いよ」と透子が笑ったので、安心して「あんな、」と次の言葉を続ける。

「バイト先の人とな、この前一緒に帰ってんやん」

「うん。それは」

「大学生の」

「男?」

「そう。なんか、帰り送ろかって言われて」

「ほう」

「で、なんかこれって良い感じなんかなって思って」

「そういうのあるよな」

「なんか、雰囲気的に、あれ？　そういう空気？　って感じやってんけど」

「お〜」

「で、それがな。なんもなかってん」

「なんもなかった」

「うん。ないんかい、と思った」

「がっかりしたんや」

「した。ほんで」

「ほんで？」

「なんもなかってんけど、」

「けど？」

「……その人、勃っててん！」

透子は、噴き出すように、ぶへっと笑った。

「うそやん！　ほんまに？」

「ほんまに。やばくない？」

「やっぱ。相手、名前なんて言うん？」

「平山さん」

「じゃあ、全然平たくなかったわけや」

「そう、普通に盛山さんやった」

透子は腹を押さえて、さっきよりも大きな声で笑った。しかしこれは透子がすごかった。透子が相手の名前を聞いてくれたから言うことができた。

「榎並さんって、そんなん言うねんな」

「……私な、中学でホルン吹いててんやん」

「ホルン？」

「そう、楽器の中に手突っ込んで動かすやつ」

「うん。それがどうしたん？」

「そんな楽器選ぶ人、絶対エロくない？」

透子は体を折って、カフェオレをこぼしそうになっていた。

「すごいな榎並さん」

目に溜まった涙を拭う透子を見て、千尋は思わず泣きそうになる。

「古川さんってさ、よく『かわいないで』って言うやん」

「え、言ってる？　自覚なかった」

「林さんによく言ってる。あれさ、良いやんな」

「良いんかな。よくわからん」

「良いよ」

だって、いつも私にも言ってほしいって思うもん。

透子はカフェオレをまた一口飲んで、「で、盛山のことは好きなん？」と聞いた。

「違うねん。でも彼女おってん」

「なんやそれ」

「そう」

「好きではなかったん？」

「んー、わからん」

「じゃあ好きじゃなかってん。良かったやん」

「林さんって、トーマって人のことは好きやったんやっけ」

「いやーまあ、それなりに好きやったんちゃうかな。誰かを好きな自分を好き、って感じやから」

そんな香奈美のことをさ、ちょっとは羨ましいと思ってたりする？

古川さんは、透子は、どんな「かわいい」に向かってる？

「なるほど」

俯いて考え込む千尋に、透子はさらに「あとは？」と聞いてくれる。

「……あと、」

「うん」

「友達と仲直りする方法、知ってる？」

「……たえちゃん？」

千尋が黙って頷くと、透子は数秒考えるようなそぶりをして、

「そんなエロいやつ、無理ちゃう？」と言った。

「ちょ、ちょっと！」

「ひとりで食べるお弁当っておいしいよな」

「食べたことないくせに！」

千尋が肩を小突くと、透子が今までに見たことのない柔らかい笑顔で、「かわいいな」と言った。

「逆！」

空気の読めない月の下で、透子が何度も「あとは？　もう終わり？」と聞くので、千尋はそこからうっかり、背骨ケースの話もしてしまう。

初出誌　「文學界」
「黄色いか黄色くないか」二〇二二年三月号
「かわいないいで」二〇二三年十二月号

ＤＴＰ制作　ローヤル企画

装画　楓真知子
装幀　野中深雪
JASRAC　2402196-401

著者略歴

お笑い芸人。一九八九年大阪府生まれ。二〇一〇年に村上愛とお笑いコンビ「Aマッソ」を結成。著書に小説集『これはちゃうか』、エッセイ集『イルカも泳ぐわい。』『行儀は悪いが天気は良い』がある。

かわいないで

二〇二四年五月十日　第一刷発行

著　者　加《か》納《のう》愛《あい》子《こ》

発行者　花田朋子

発行所　株式会社　文藝春秋
〒102―8008　東京都千代田区紀尾井町三ノ二十三
電話　〇三―三二六五―一二一一

印刷所　大日本印刷

製本所　大口製本

ISBN978-4-16-391841-9